가고 싶지 않아

行きたくない

IKITAKUNAI
© Senri Agawa, Akiko Okuda, Shigeaki Kato,
Yotaro Kojima, Yoru Sumino, Yu Watanabe 2019
First published in Japan in 2019 by KADOKAWA CORPORATION, Tokyo.
Korean translation rights arranged with KADOKAWA CORPORATION, Tokyo.

가고 싶지 않아

行きたくない

스미노 요루

가토 시게아키

아가와 센리

와타나베 유

고지마 요타로

오쿠다 아키코

김현화 옮김

소미미디어
Somy Media

차례

일러두기
이 책의 주석은 모두 옮긴이 주입니다.

포켓

가토 시게아키

가토 시게아키 加藤シゲアキ

1987년 오사카부에서 출생했다. 일본 아이돌 그룹 NEWS의 멤버로 활동하면서 2012년 1월 《핑크와 그레이》를 발표하며 작가로 데뷔했다. 이후 《섬광 스크램블》, 《BURN》, 《우산을 들지 않은 개미들은》, 《튜버로즈에서 기다리고 있어》와 같은 히트작을 계속 써 내려가며 화제를 불러일으키고 있다. 《핑크와 그레이》는 일본에서 영화화되었고, 《우산을 들지 않은 개미들은》은 드라마로 제작되었으며, 제 42회 요시카와 에이지 신인상을 수상한 《얼터네이트》는 2020년 제164회 나오키상과 2021년 서점대상에 노미네이트되었다. 최근 연극 각본가로 데뷔하여 만능 엔터테인먼트로서의 자질을 뽐내고 있다.

"그냥 혼자 가."

"싫어. 저기, 조스케 부탁이야. 같이 가줘."

"어색하단 말이야. 뭐 하러 가나 싶기도 하고."

"동석 안 해도 된다니까. 그냥 보고만 있어줘도 된다고."

"그냥 보고 있어서 어쩌자고."

"위험한 상황에 처하면 구하러 와줘."

"위험한 짓 하는 사람이야? 그럼 더 가기 싫어."

"평소에는 다정한데 이럴 땐 어떻게 나올지 모른단 말이야."

거리에 동급생이 많아서 이야기하기 껄끄러웠다. 안도 같은 상황인 듯 전화 너머로 들리는 목소리가 작았다.

"부탁 좀 할게."

몇 미터 앞에서 걸어가던 안이 돌아보더니 스마트폰을 귀와 어깨 사이에 끼우고 양손을 모았다. 나와 안의 거리에 비하여 귓가에서 속삭이는 듯한 전화 목소리가 너무 커서, 그녀의 목소리가 뇌에 직접 닿는 것만 같았다.

"그런데 나 오늘 알바 가야 해."

"마트?"

"응."

"그렇구나. 그 말 들으니 권하기가 좀 미안하네."

안은 고개를 스트레칭하듯이 좌우로 움직였다. 실은 권하기 미안한 마음 따윈 조금도 없을 터다.

"그래도 어떻게든 부탁하고 싶어. 위험한 일이 벌어졌을 때 구해주는 것 말고도 내가 어땠는지 끝난 후에 알려줬음 해."

보통은 이별하는 모습을 보이고 싶지 않을 텐데 안은 끈질기게 나에게 부탁했다. 감상평을 들려달라고도 했다.

안이 타인의 의견을 구하다니 별일이다 싶었다. 늘 자기중심적으로 생각하고 어떤 사람이든 자신에게 다정하다고 믿고 있다. 그건 우리가 유치원생이었을 적부터 달라지지 않았다. 그래서 위험한 일을 겪으리라고 실제로는 상상하고 있지 않을 것이고, 내가 반드시 오리라고 확신하고 있을 것이다.

"이런 부탁할 수 있는 사람은 조스케밖에 없어."

내가 문득 발걸음을 멈추자 같은 길을 걷고 있던 학생들이 조금 꺼림칙한 표정을 짓더니 앞질러 갔다.

"부탁이야. 오늘은 알바 쉬면 안 돼?"

한숨을 살짝 쉬고 나는 다시 걷기 시작했다.

"시험 치느라 알바 별로 못 뛰어서 슬슬 나가봐야 해."

황금연휴 대부분을 집에서 빈둥거리며 보낸 탓에 생활리듬이 늘어져, 다시 학교 생활이 시작되었는데도 나는 좀처럼 긴장의 끈을 다잡을 수 없었다. 중간고사 직전에 벼락치기로 공부한 결과, 성적을 간신히 평균 점수 조금 웃도는 정도까지는 끌어올렸지만, 그민큼 아르바이트는 소홀히 하고 있었다.

"안다고, 알아. 조스케가 외국에 유학 가고 싶어 하는 걸 알면서도 부탁하는 거야. 돈도 안 되는 시간을 보내게 해서 미안하지만 진짜 오늘만 부탁할게."

예전에 아르바이트를 하는 이유를 물어와서 "외국에 유학 가려고"라고 되는 대로 말했다. 실은 딱히 유학을 가고 싶지도 않았고 알바를 하는 별다른 이유도 없었다. 하고 싶은 일이 있어서도 아닌, 그냥 지나가는 시간이 있다면 돈으로 바꾸고 싶다는 생각 정도만 했을 뿐이다.

"부탁이야. 방과 후에 교실로 갈게."

안이 귓가에서 스마트폰을 떼어내려고 해서 "잠시만"이라고 했지만, 이 목소리는 닿지 않고 통화는 끊어졌다.

앞에서 걸어가는 안이 학교 건물을 향해 손을 흔들었다. 그 곳에는 창문으로 얼굴을 내민 학급 여학생들이 있었고 왜 나여야만 하는지 역시 좀처럼 이해할 수 없어서 나중에 단호하게 거절하자 마음먹었다.

그날 2교시, 새 학기가 되자마자 등교를 하지 않았던 모치스기가 갑자기 학교에 왔다.

성실하고 모범생이던 모치스기가 등교하지 않자 그 이유에 대해 다양한 억측이 난무했다. 부모님이 이혼했다든가, 형제가 자살 미수 사건을 일으켰다든가, 전철에서 도촬하다가 경찰에게 끌려갔다든가, 참으로 여러 소문이 떠돌았고 그것들은 하나같이 좋은 게 아니었다. 그때까지만 해도 그다지 또렷하지 않던 그의 존재감이 그의 부재로 갈수록 두드러지게 되었고 어느덧 전혀 다른 사람 같은 모치스기의 모습이 우리들 내면에 생겨나 있었다.

그래서 모치스기가 아무 변화 없이 나타났다는 사실에 학생들은 물론이거니와 선생님도 꽤 당황했다. 모치스기는 그런 사실은 자신의 소관이 아니라는 양 어제도 등교했다는 표정으로 자신의 자리를 찾아 앉았다.

그 후의 수업은 엄숙하게 진행되었지만, 쉬는 시간이 되자 학급 친구들의 떠들썩한 소리는 평소와 같지 않았다. 모치스기의 주변 공간만이 도려내진 듯, 학급 아이들 전원이 그를 피한다기보다 보이지 않는 것처럼 행동했다. 예전에 모치스기와 친했던 아이들은 그게 한층 더 심해서 일부러 부딪치거나 굳이 모치스기 앞에서 잡담을 나누기도 했다.

그 행동에는 그들 나름대로의 이유가 있었다. 나는 조금 전에 그들 중 한 명이 "모치스기가 등교 안 한 이유를 안 가르쳐주는 게 용납이 안 돼"라고 말하는 것을 지나가는 소리로 들었다. 그 심정을 이해하지 못할 바는 아니지만, 모치스기가 그에 대해 아무 반응도 보이지 않았기 때문에 그들의 심기는 점점 더 불편해지기만 했다.

점심시간이 되자 나는 모치스기를 학생식당으로 불렀다.

2주 정도 전이었다. 아르바이트를 하는 마트에 모치스기가 왔다. 사이즈가 큰 점퍼를 걸치고 헤드셋을 낀 채 과자를 고르고 있었다. 교복 차림의 모치스기밖에 몰라서 낯선 평상시 복장에 잠시 눈길을 뗄 수 없었다. 등교하지 않는 친구가 이렇게 자연스럽게 외출하고 있다는 사실을, 그게 편견이라는 걸 알아도 좀처럼 받아들일 수 없었다.

모치스기는 고른 상품을 내 계산대로 가지고 왔다. 어째서인지 심장이 벌렁거리고 손이 떨릴 것만 같았지만, 간신히 억누르고 바코드를 찍어나갔다. 모치스기는 나라는 사실을 어지간히 알아차리지 못했지만, 계산 금액을 말했을 때 눈이 마주쳤다.

아, 하고 모치스기가 말했다. 그리고 요동치는 눈동자로 지갑을 꺼내 정확한 금액을 냈다. 그것을 받아 들면서 "학교엔 안와?" 하고 말을 걸었다. 나는 묘한 침묵을 견딜 수 없었다.

"조만간 갈 거야."

"조만간?"

"완성하면."

모치스기는 그렇게 말하더니 상품이 담긴 바구니를 가지고 멀어져 갔다.

그 이후 나는 그가 무엇을 완성시키려고 하는지 궁금해졌다. 한 달 이상 걸려도 완성되지 않는 것. 그런 건 많다. 더구나 모치스기의 성격도 취미도 취향도 거의 몰라서 대략적인 예상을 하기도 어려웠다. 그래서 언젠가 모치스기가 학교에 오면 답을 알려달라고 하자고 다짐했다.

내가 부르자 그는 "도시락 가지고 왔는데"라며 넌지시 거절하려고 했다. "그래도 상관없으니 같이 먹자"라고 집요하게 굴자 그는 떨떠름하게 승낙했다.

나는 학생식당에서 돈가스 나폴리탄을 주문했고 모치스기

는 건너편에 앉았다. 모치스기의 도시락에는 반찬이 많아서 색이 풍성했다. 모치스기 모친의 기쁨이 다양하게 표현된 그런 도시락을 그 자신은 아무렇지도 않은 모습으로 먹었다.

"완성했어?"

나는 즉각 그 말을 꺼냈다.

"했어."

모치스기는 달걀말이를 입에 넣고 우물거리고 있었다. 그 단면은 4교시 지구과학 시간에 배운 지층과 무척이나 비슷했다.

"그 이후부터 내내 궁금했는데 뭘 완성시킨 거야?"

모치스기의 손이 순간 멈추었다.

"말하기 싫은데?"

그렇게 말하고 이번에는 방울토마토를 젓가락으로 집었다.

"내 나름대로 생각해봤어. 제일 처음에 머리에 떠오른 건 오브제. 조각품이라든가 점토라든가. 그리고 그림이나 만화나. 프라모델도 있겠다 싶었지만 역시 한 달은 안 걸릴 것 같았고."

"프라모델도 시간 걸려."

"프라모델이었어?"

"아니."

학생식당에서 파는 돈가스 나폴리탄은 인스턴트 맛이 많이 나서 섬세함이라곤 눈곱만큼도 찾아볼 수 없다. 그럼에도 주

묻어버린 것은 케첩의 지독한 달달함과 돈가스의 기름기가 몹시 어울려서인데, 학생식당에 있는 다른 학생들도 대부분 이 돈가스 나폴리탄을 주문한다.

"혹은 물리적으로는 아무것도 제작하지 않았다는 가정도 있지."

"흐음, 그 말인즉?"

"정신적인 완성이라든가?"

"종교적이네."

"그래서 그것을 정신적으로 수행하고 있었다든가 하는?"

"한 달 만에 완성될 정신 수행이라면 대수롭지도 않겠네."

"다이어트라든가?"

"말이 되는 소리를 해. 다이어트를 하려고 등교를 안 하다니. 그게 아닐 거라는 건 겉으로 봐서 알잖아."

모치스기는 살짝 웃음을 띠고서 "재미있는 생각을 다 하네"라고 중얼거렸다.

"제대로 만들어서 완성했어."

"답은 절대로 안 가르쳐줄 거야?"

모치스기는 "알겠어"라고 말하더니 주머니에서 명함 같은 것을 꺼냈다.

"오늘 밤 여기로 와주면 알 거야, 저녁 8시."

거기에는 'Archivist'라고 쓰여 있었다.

마지막에 나는 "내일도 학교에 와?"라고 모치스기에게 물었다. 그는 "아마도. 그런데 잘 몰라. 오늘 밤에 달려 있을지도 모르니까"라고 답했다.

점심 식사를 마치고 모치스기와 헤어져 아르바이트하는 곳에 연락을 했다. 갑자기 몸 상태가 나빠져서 병원에 가야겠다고 거짓말을 하니 점장은 선뜻 허락해주었다. 애초에 내가 있든 없든 크게 다를 바 없다는 느낌이었다.

결국 오늘 아르바이트를 쉬기로 한 것은 안 때문이 아니라 'Archivist'에 갈 생각이어서였다. 다만 결과적으로 그녀가 바라는 형태가 된 건 안의 마법 같은 힘—저주라고 부르는 편이 여실히 와닿을지도 모른다—이 발동해서가 아닐까 싶다. 안에게는 그런 구석이 있다. 역시 가고 싶지 않다.

하교 전 종례 시간에 담임은 모치스기를 힐끗 쳐다보았지만, 아무 말도 하지 않았다. 평소와 다름없는 하루처럼 인사를 하고 방과 후가 되었다. 모치스기에게 한 번 더 말을 걸려고 했지만, 그는 교실에서 냉큼 나가버렸다.

엇갈리듯 안이 찾아와서 "모치스기가 등교했다며?"라고 눈이 휘둥그레진 채 입을 열자마자 제일 먼저 그 소리를 했다.

"응."

"왜?"

"글쎄."

"안 물어봤어?"

"안 가르쳐줬어."

"조스케, 역시 물어봤구나. 그럼 가볼까?"라며 안이 내 팔을 억지로 들어 올렸다. 절대 놓지 않겠다는 의지가 전해져오는 힘으로 끌고 갔기에 나는 저항할 마음을 잃었다.

학교 건물에서 나가자 체육관에서 스파이크를 날리는 소리가 들려서 안이 의아한 듯 그쪽을 보았다.

"최근에 안 가고 있어."

안이 나한테서 떨어져 "왜?"라며 서브를 넣는 시늉을 했다.

"시험 공부 때문에 한동안 쉬었더니 얼굴 내밀기가 껄끄러워졌어."

그 공을 리시브했다.

"조스케가 없으면 배구부 지잖아. 은퇴 시합 말이야."

안이 무릎을 살짝 구부려 가볍게 토스했다.

은퇴라는 어감에도 전혀 실감 나지 않았다. 5년 이상 배구부원으로서 필사적으로 운동을 해왔는데 쉬고 있는 동안에 뭘 위해서 배구를 해왔는지조차 영문을 알 수 없어졌다. 분명 배구를 한 인생과 배구를 하지 않은 인생은 조금도 다르지 않을 것이다. 그렇게 생각했더니 익욕이 어딘가로 흩어져 버렸다.

나는 안이 토스한 공을 힘껏 스파이크했다. 그와 동시에 안이 "블로킹!"이라고 외치며 양손을 들어 점프했다.

"같은 팀이란 설정 아니었어?"

공 소리가 여전히 멀리서 들렸다.

안 때문에 외면해온 죄책감으로 가슴이 욱신거렸다. 오늘 해야 하는 건 아르바이트도, 아르바이트를 쉬고 안과 어울리는 일도 아니고 실은 체육관에서 배구를 하는 것이라는 느낌이 들었다.

"역시 혼자서 갈 수 있지 않아?"

"음, 왜 말이 그렇게 되지?"

안이 내 셔츠 자락을 어리광 부리듯이 잡아당겼다. 그런 행동을 해봤자 나한테는 안 먹힌다. 그런 사실도 모를 만큼 안은 늘 계획성 없이 되는 대로 행동하고 있다.

"왜 헤어져?"

"응?"

허가 찔린 듯한 표정을 짓고 있는 게 오히려 믿을 수 없었다.

"안 좋은 일이라도 당했어?"

안의 남자친구에 대해서 나는 아무것도 모른다. 특별히 묻지도 않았다. 안은 남자친구가 생길 때마다 보고하지만, 그건 안이 제멋대로 하는 행동일 뿐 내가 해줄 수 있는 말은 아무것도 없다. 중학생이 되고 나서 늘 어떤 사람인지 모를 연인이 있어왔던 안과 나는 전혀 달랐고, 연애담으로 기분이 흥분되지도 않았다. 애초에 안이 하는 연애를 내가 이해할 수 있는 것도 아니었기에 그녀가 나한테 말한다 한들 시시하게 느껴졌을 것이다. 그래서 이번 같은 부탁은 의외였다.

"전혀 아니야. 굉장히 좋은 사람이거든."

안의 가방에는 캐릭터 키홀더가 여러 개 달려 있어서 흔들릴 때마다 서로 부딪쳐 소리가 났다.

"그런데 그 사람과의 관계는 다 여물어버린 것 같아."

"여물었다고?"

"응, 완성이라고 해야 하나. 꽃으로 말하자면 핀 다음에 열매를 맺고 나면 그 후에 시들기만 하잖아."

갑자기 나온 완성이라는 말에 순간 흠칫했다.

"그래도 계속 여물어 있을지도 모르잖아."

"그런 상대가 아니야."

"흐음."

"조스케는 누굴 좋아해본 적이 없어서 몰라."

그런 감정은 타인과 비교할 길이 없어서 내가 누군가를 좋아해본 적이 있는지 없는지 결론지을 수 없다. 나는 기본적으로 어떤 사람에게든 호감을 가지고 있고 미워하는 사람은 지극히 일부지만, 지금 이런 말을 한들 소용없고 안도 분명 그런 이야기를 하고 싶지 않을 테니까 나는 잠자코 있었다.

도착한 곳은 시가지 한가운데에 오도카니 자리한, 모래밭과 철봉과 미끄럼틀 정도만 있는 평범한 공원이었다. 마치 홀로 남겨진 듯한 그 공원은 대개 취객이 너부러져 있어서 고등학생은 그다지 접근하지 않는다.

"여기서 걔랑 이야기하려고 해."

안은 벤치에 앉아 "봐봐, 여기라면 반 애들도 잘 안 와서 들킬 가능성이 낮잖아. 더구나 말이야" 하고 먼 곳을 가리켰다. 그곳은 옆 빌딩 2층에 있는 카페였다.

"저기 창가에 앉아 있으면 여기가 바로 보이거든. 와이파이도 연결돼."

"와이파이?"

"저기에선 여기서 하는 자잘한 행동이 잘 안 보일 테니 영상통화 계속 연결해놓을게. 유심히 보고 있어."

안은 주변을 둘러보고 "이 각도가 괜찮겠네"라며 불꽃놀이가 잘 보이는 자리를 잡는 것처럼 말했다.

"일이 그렇게 술술 풀리겠어?"

"괜찮아. 스마트폰은 여기에 꽂아둘 거니까."

가방 바깥에 있는 주머니에 스마트폰을 집어넣더니 딱 카메라 부분만 얼굴을 내밀게 했다.

"카페 무료 와이파이, 여기서도 잡아 쓸 수 있으니까 설정해서 영상통화 연결해봐."

영상통화 앱으로 안의 스마트폰에 전화를 걸었다. 화면에 안의 어깨 부근이 비추어졌다. 그것을 그녀에게 보여주자 "좀 더 이렇게 해야 하나?" 하고 가방을 움직여서 조절했다.

"조스케, 옆에 앉아봐."

안의 남자친구 자리에 대신해서 앉았다. 최종적으로 두 사람의 허리에서 얼굴까지 잘 보이는 각도를 찾다가 거기로 정했다.

"안, 이 각도에서는 머리카락 때문에 얼굴이 잘 안 보여."

"그런데 머리카락을 넘기면 이게 보인단 말이지."

머리카락을 쓸어 넘기자 귀에 무선 이어폰이 있었다.

"이거 마이크도 달려 있어. 역시 거기에 놔두면 목소리가 잘 안 잡힐 듯해서."

안이 이렇게까지 꼼꼼하게 준비했다는 사실에 새삼 놀랐다.

"그래도 얼굴이 보였으면 하니까 이렇게 할까."

그렇게 말하고 이어폰을 빼서 넥타이 매듭 사이에 비집어

넣었다. 매듭이 조금 볼록해졌으나 비교적 자연스러웠다.

"이래도 목소리 들리는지 시험해봐."

나는 스마트폰을 들고 안으로부터 떨어져 목소리가 들리지 않는 곳까지 직접 가서 스마트폰을 귀에 댔다. 내가 오케이 제스처를 취하자 귓가에서 "농땡이 치는 조스케"라는 소리가 들렸다. 벤치로 돌아와서 "역시 오늘은 아르바이트나 동아리 활동을 하러 갔어야 했어"라고 안에게 대꾸했다.

"섭섭하게 무슨 소리야. 이걸로 됐어. 이야기의 흐름도 잘 들어둬."

안은 긴 길색 머리를 고무줄로 묶었다. 드러난 기름한 턱을 보고 현대인은 딱딱한 음식을 먹지 않아서 갈수록 턱이 갸름해지고 있다는 생물 선생님의 말이 떠올랐다. 하지만 안은 어릴 적부터 믿기지 않을 만큼 딱딱한 전병을 거침없이 갉아 먹었던 기억이 난다. 자신의 턱을 만져보자 안보다 갸름하지는 않았다. 턱이 갸름한 사람이 늘고 있는 건 실은 다른 이유가 있을지도 모른다. 인터넷에 검색해보자 싶었지만, 손안에 있는 스마트폰 화면에는 나와 안이 비춰져 있었다. 저무는 석양이 우리 얼굴을 빨갛게 물들이고 있었다.

자신의 손안에 자신이 있다는 사실을 선뜻 받아들이고 있다는 게 왠지 이상하게 여겨졌다. 아직 턱이 각졌던 옛날 사람의 입장에서 보면 이건 이상하다고 할까, 압도적으로 부자연스럽다고 생각할 것이다. 하지만 더 나아가 말하자면 안의 남자친구 자리에 내가 앉아 있다는 사실이라든가, 앞으로 두 사람이 이별하는 모습을 지켜보는 것 또한 충분히 부자연스럽다.

"약속 시간이 6시인데, 지금 몇 시야?"

영상통화를 켜놓은 채 스마트폰으로 시간을 표시했다. 오후 5시 49분이었다.

"이제 곧 오겠네."

"그러게. 아마 시간에 딱 맞춰서 올 테지만, 슬슬 카페로 가 있어."

"딱 맞춰서 오는구나. 바른 사람이네."

계단을 올라가 카페로 들어가자 한산했고 창가는 한 자리만 비어 있었다. 그곳에 가방을 놓고 카페라테를 주문하러 카운터로 갔다. 음료가 준비되는 동안 카페 안을 빙그르 둘러보았다. 대학생으로 보이는 남성이 책을 읽고 있었다. 이목구비가 일본인과 거리가 멀었다. 새끼손가락에 금반지를 끼고 있었다. 내 시선을 알아차렸는지 그가 나를 보았다. 눈이 마주치자 훗, 하고 웃었다. 나는 다급히 가볍게 목례를 했지만, 그는 손목시계를 보더니 카페를 빠져나갔다. 그의 커피는 아직 절반 이상 남아 있었다.

자리로 돌아와 스마트폰에 이어폰을 세팅하자 바로 "왔어?" 하는 안의 목소리가 들렸다. 창문 너머로 안을 보았다. 손을 흔들고 있었다. 그 앞을 보자 조금 전의 남자가 벤치 쪽으로 걸어가고 있었다.

"기다렸어?"

얼굴에서 받은 인상과는 다르게 목소리가 시원시원했다.

"아냐, 괜찮아. 마커스는? 어디서 시간 때우고 있었어?"

"아니, 지금 막 도착했어."

그가 앉아 있던 자리를 보자 이미 커피가 치워져 있었다. 그리고 내가 조금 전까지 있던 자리에 그가 앉아 있었다.

"그런데 어쩐 일이야? 약속 장소가 공원이라니 드문 일이잖아."

"실은 말이야."

안은 머뭇거리다가 고개를 숙였다. 나와 있을 때의 기세등등함은 어디에도 없었다.

마커스라고 불린 남자는 안을 빤히 바라보고 있었다. 그는 상황을 대략 이해한 모양이었다. 두 사람은 천천히 이별을 받아들이고 있었다. 이미 내가 사이에 가르고 들어갈 필요도 없었다.

나는 화면 안의 두 사람과 창문 너머의 두 사람을 번갈아 보면서 미지근해진 카페라테를 한 모금 마셨다.

하늘은 점점 어두워져갔고 딱 하나 있는 가로등이 두 사람을 비추었다.

마커스는 천천히 입을 떼더니 "지금까지 고마웠어, 정말 즐거웠어"라고 안에게 말했다. 그러고서 입을 맞췄다. 안이 누군가에게 입맞춤받는 것을 보는 건 처음이었다.

안은 여전히 가만히 있었다. 의식이 어딘가로 날아가버린 듯 움직이지 않았다. 헤어지기를 망설이고 있는지도 모른다. 마커스가 "울지 마"라고 했기에 안이 울고 있다는 사실을 알았다. 화면 너머로는 안의 눈물이 보이지 않았다.

"내가 가는 게 나을 것 같아, 이럴 때는."

마커스는 안을 끌어안았다. 안은 품속에 얼굴을 파묻다시피 하고서 소리 내 울기 시작했고 마커스는 그녀의 머리를 살포시 쓰다듬어주었다.

잠시 그 상태가 이어졌다. 나는 멍하니 지금쯤 배구를 하고 있을 친구들을 생각했다. 높이 점프해서 스파이크를 날리는 기요즈카. 필사적으로 리시브하는 리베로 이나다. 서브만큼은 잘하는 미야우치. 푹푹 찌는 공기와 땀 냄새. 신발이 내는 끼익끼익 소리와 팅기는 공의 기분 좋은 저음이 머릿속에 울렸다. 가지 않아서 면목 없었지만, 분명 친구들은 지금도 평범하게 배구를 하고 있을 것이다. 내일은 가야 할까. 오늘 밤에 달렸다고 말한 모치스기의 얼굴이 문득 머리를 스쳤다.

"잘 지내, 안."

안은 고개를 끄덕이고 마커스와 멀어지며 손을 흔들었다. 안은 손을 열심히 흔들었다.

화면 속의 마커스는 웃더니 돌아보지 않고 공원을 빠져나갔다. 창문 너머로 마커스에게 시선을 옮기자 그의 표정은 무척이나 쓸쓸해 보였다. 그의 이런 얼굴을 볼 수 있는 건 나뿐이라 생각하니 이곳에 온 것은 안을 위해서가 아니라 마커스를 위해서일지도 모른다 싶었다.

내 앞에서 그렇게나 종알종알 떠들어대던 안은 마커스 앞에서는 내내 조용하고 강한 척하고 있어서 정말이지 우스꽝스러웠다. 그런 안은 처음 보았다.

옛날에 엄마를 따라 연극을 보러 갔었다. 외국 소설이 원작인 번역극으로 필사적으로 이해해보려고 했지만 어려웠다. 그리스신화가 모티프인 무대였던 것 같다. 그때의 체감과 피로도와 아주 비슷했다. 전혀 다른 세상에서 일어나고 있는 일 같지만, 바로 옆에서 벌어지고 있는 일이기도 했다. 분명한 것은 나와 그 무대 사이에는 확실하게 간격이 있었다는 사실이다.

머리가 빙글빙글 돌았다. 안은 아직 혼자서 울고 있었다. 얼굴을 양손으로 뒤덮고 몸을 움찔움찔 들썩이고 있었다.

싸늘하게 식어버린 카페라테는 아직 절반 정도 남아 있었다. 마커스처럼 남길까 했지만, 역시 전부 다 마셨다. 혀에 남은 우유 맛이 찝찝했다.

이어폰을 빼고서 영상통화를 끄고 한 번 더 카운터에 가서 카페라테를 주문했다. 이번에는 테이크아웃용으로 시켰다.

계단을 내려와 안이 있는 곳까지 갔다. 조금 전까지 위에서 보고 있었기에 또 하나의 자신이 창문 너머로 나를 보고 있는 것 같은 풍경이 머리에 떠올랐다. 그건 마커스의 환영이기도 해서 내 자신이 아직 그를 대신하고 있는 것 같았다.

"자, 이거."

안에게 카페라테를 내밀자 "고마워"라고 가느다란 목소리로 대답이 돌아왔다. 그녀는 그것을 한 모금 홀짝이더니 "봤어?"라고 물었다.

"봤어."

"아~, 왜 봤어~!"

조금 전과 다르게 표정이 풍부해진 안의 눈두덩은 부어 있었고 눈가는 화장이 번져서 거무스름해져 있었다.

"보지 말지 그랬어~."

"그림 안 봤어."

"거짓말이잖아."

"거짓말이긴 하지."

안이 우는 모습을 마지막으로 본 것은 유치원 때 개미지옥에 빨려드는 개미를 발견하고서 개미를 구해야 하는지 아니면 개미를 구하지 않고서 명주잠자리 유충의 영양분이 되는 것을 지켜봐야 하는지 고민하고 있을 때였다. 망설이는 사이에 개미는 보이지 않게 되었다. 안은 오열할 정도로 울고 있었다.

"마커스는 잊어."

"아무 말도 하지 마."

내 말을 가로막은 안을 보고 오늘 일에 대해서는 이제 아무 말도 안 해도 된다는 사실을 알았다. 이곳에 온 의미를 생각하는 것도 우선 관두기로 했다.

안은 입을 다문 채 가만히 있었다. 나는 그녀가 입을 열 때까지 아무 말도 하고 싶지 않았다.

가로등에 벌레가 모여들어 있었다. 그중에 명주잠자리가 있을지도 모른다. 하지만 이런 도시에는 없을 것 같기도 하다. 명주잠자리는 전국에 분포되어 있다고 하지만 개미지옥을 본 것은 유치원 소풍 때였고, 그 이후로는 본 적도 없었다. 하지만 보이지 않는 곳에 존재하고 있을지도 모른다. 알아차리지 못했을 뿐, 명주잠자리나 개미지옥은 여러 곳에 분명 있을 것이다.

안은 벤치에 카페라테를 놓고 문득 일어나 철봉 쪽으로 걸어갔다. 고등학생에게는 낮은 철봉을 잡고 스커트를 입었다는 사실도 개의치 않고서 거꾸로 매달렸다. 역시 스커트가 뒤집어져서 나는 무심코 시선을 돌리고는 "스커트!"라고 안에게 주의를 주었다.

"저기 말이야."

안은 내 말을 무시하고 다시 한 번 거꾸로 매달렸다. 그러고서 "조스케는 어디로 유학 가?"라고 물었다.

"아."

어떻게 대답해야 할지 순간 머리를 굴렸다.

"어디로 가?"

어쩔 수 없이 "뉴욕?" 하고 거짓말을 보탰다.

"나도 가고 싶다. 외국 유학."

안이 철봉에서 미끄럼틀 쪽으로 걸어갔다.

"조스케 말을 들었더니 그것도 괜찮겠다 싶더라고. 난 하고 싶은 게 딱히 없지만, 행동력만큼은 있으니까. 외국에 가면 왠지 찾을 수 있을지도 모르지 않을까?"

"그렇게 간단한 문제가 아니잖아."

그렇게 말하고서, 되는 대로 아무렇게나 지내온 내가 할 말은 아닌 것 같아서 생각을 고쳐먹었다.

"조스케는 그럼 왜 외국에 가고 싶은 거야?"

안의 거침없는 태도가 때때로 버겁다.

"일본에서는 못하는 걸 하려고 외국에 가는 거 아냐?"

미끄럼틀에 올라간 안은 주저앉고서 힘차게 미끄러져 내려왔다.

"가고 싶은 곳이 어디에도 없으니까."

간신히 쥐어짜낸 말을 나는 혼잣말처럼 했다.

"뭐라고 했어?"

다 내려온 안은 스커트 자락을 털었다.

나는 고개를 저으면서 철봉까지 가서 거꾸로 매달렸다. 오늘은 아르바이트도 배구도 하지 않아서 몸을 조금 움직이고 싶었고, 그러면 살짝 후련해질 듯했다.

땅을 걷어차자 몸이 붕 떠올랐다. 하늘이 보였고 경치가 반대가 되어 땅이 보였다. 그렇다 싶었는데 세상이 바로 원래대로 돌아와버렸다.

"어른이 되면 공원은 그렇게 즐거운 곳이 아니게 되잖아. 그런데 어린애들은 왜 그렇게 공원에 가고 싶어 할까?"

안은 내가 있는 곳까지 와서 "자, 춤추자"라고 말했다.

"여기서?"

"아니, 클럽에서."

안이 좌우로 몸을 흔들기 시작했다.

"클럽이라니 우린 고등학생이잖아."

"고등학생이라도 들어갈 수 있는 클럽이 있어. 아, 혹시 오늘 화요일이야?"

내가 고개를 끄덕이자 "오늘은 고등학생만 들어갈 수 있는 날이야! 응? 가자!" 하고 완전 흥분한 강아지처럼 폴짝폴짝 뛰었다.

"가고 싶지 않아."

"가자니까."

"내가 그런 데 내키지 않아 하는 거 알잖아."

"부탁이야, 같이 가자."

"애초에 춤춰본 적도 없어. 춤추는 의미도 모르겠고."

안이 내 양손을 잡고 번갈아 움직이게 했다.

"미국에 가면 춤 안 추고 못 살걸?"

"춤 안 추는 미국인도 있거든?"

"있잖아, 조스케, 어떤 춤꾼이든 처음 춤췄던 날은 반드시 있는 법이야."

"난 춤꾼이 될 생각 없어."

나는 안의 팔을 억지로 떼어내고 벤치까지 걸어갔다.

"만약 엄청난 재능이 있다고 해도?"

"그런 재능이 있다면 이런 이야기를 하기 전에 분명 추고 있겠지."

"아깝네. 그럼 혼자서 'Archivist'에 갈래."

안이 그렇게 말할 때까지 나는 까맣게 일정을 잊고 있었다.

"'Archivist'가 클럽이야?"

"아는 데야?"

"8시가 되려면 얼마나 남았어?"

"이제 10분 정도 남았어."

호주머니에서 모치스기에게 받은 명함을 꺼냈다. 이곳에서 그다지 멀지는 않았지만, 모치스기가 완성시킨 것을 보기에 늦지 않을지는 몰랐다.

"이젠 늦었으려나."

"택시 타고 서두르면 간신히 도착할지도 몰라."

안은 그렇게 말하더니 벤치에 있던 짐을 들고—거기에는 내 가방도 포함되어 있었다—거리 쪽으로 달렸다. 나는 다급히 안의 곁으로 걸어갔고 그녀는 이미 거리로 나가서 손을 들고 있었다. 멈춰 선 택시 기사는 미심쩍은 표정을 지었지만, 안은 개의치 않고 올라탔다. "죄송하지만 가까운 곳인데 좀 서둘러주세요. 이대로 쭉 직진한 다음 두 번째 신호에서 우회전해주세요"라고 안은 예의바르게 말했다.

차 안에서는 여러 사람의 냄새가 났다. 낯익은 장소일 텐데 흘러가는 경치는 평소와 달라 보였다.

5분 정도 만에 도착한 장소는 어둑어둑한 모퉁이로 그 지하에 'Archivist'라는 간판이 있었다. 안은 익숙한 모습으로 계단을 내려갔다. 나는 조심스럽게 그녀의 뒤를 따라갔다.

입구까지 가서 안은 티켓 판매 직원에게 친근하게 인사하고 "얼마예요?"라고 물었다.

"1천 엔이에요."

우리는 각자 입장료를 지불하고서 안으로 들어갔다. 쩌렁쩌렁한 소리로 곡이 흐르고 있었고 다양한 학교 교복을 입은 고등학생들이 자유롭게 몸을 흔들고 있었다. 번쩍번쩍하는 조명이 눈부셨다. 사람이 이렇게나 많으면 아는 사람과 스칠지도 모른다. 내가 이곳에 있는 건 의외라고 생각한다. 누군가 말을 걸면 뭐라고 대답해야 할까. 그런 생각만 하게 되었다.

어두운 상태에서 무대가 바뀌자 환호성이 높아지고 박수 소리가 들렸다.

그리고 조명이 서서히 밝아졌다. 조금 전까지와 달리 차분한 분위기로 그 빛이 비추어진 끝자락에 모치스기가 서 있었

다. 근처에는 컴퓨터가 있었다

환호성에 뒤섞여 수런거리는 소리가 일었지만 바로 고요해졌다.

"모치스기입니다."

옷차림은 슈퍼에서 봤을 때와 같았다. 모치스기와 눈이 마주쳤다. "최근에 학교를 쭉 쉬면서 오늘까지 곡을 만들었습니다"라고 나를 가리켰다. 그의 내면에 이런 인격이 자리하고 있다는 사실에 나는 한 방 먹은 것 같았다.

"오늘은 저의 첫 라이브 무대입니다. 괜찮으시다면 마지막까지 들어주세요."

모치스기가 익숙한 느낌으로 컴퓨터를 다루자 여유로운 비트가 스피커에서 흘러나왔다. 거기에 편안한 신시사이저 소리가 겹쳐졌고 모치스기는 입언저리에 살포시 마이크를 가져다 댔다.

랩을 하기 시작한 모치스기는 다른 사람 같았고, 노랫소리는 중성적인 부드러움 속에서 심지를 느끼게 했다. 보라색이나 파란색 라이트를 뒤집어쓰면서 노래에 맞추어 몸을 움직이는 모치스기는 동일한 공간에 있는데 무척이나 머나먼 사람처럼 느껴졌다. 그건 마커스 때도 느꼈던 거리감이었다. 거리감, 이라고 입을 움직여보았지만, 그 목소리는 모치스기의 랩에 지워졌다.

모치스기의 퍼포먼스는 완성되어 있었다. 곡은 물론이거니와 노래도 관객을 흥분시키게 하는 움직임도, 이 자리를 즉흥적으로 즐기고 있는 것처럼 보이면서 여러 부분이 계산되어 있었다. 실은 사전에 몇 번이나 연습했다는 사실을 알 수 있었다. 이 정도라면 음악 제작은 훨씬 전부터 하고 있었을 테다. 그에게 있어서 필요했던 결석과 그 시간이 눈앞에서 재현되고 있었다. 그것을 느끼면 느낄수록 가슴 언저리에서 통증이 느껴졌고 짓눌릴 것 같았다.

압도되어 있는 동안에 모치스기의 라이브가 끝났다. 주변에서 박수와 손가락 휘파람 소리가 울렸다.

"모치스기, 대단해."

안의 그 말이 거짓이 아니라는 사실은 오래 어울려왔기에 알 수 있었다.

"화장실 좀 다녀올게."

화장실에 볼일은 없었지만, 어쨌거나 그 자리에서 멀어지고 싶었다. 마음을 조금 차분하게 만들려고 음료 카운터로 향했다. 무대가 이제 막 끝났기 때문에 사람이 모여 있어서 주문하려면 더 기다려야 할 것 같았다. 나는 줄을 서면서 천천히 심호흡을 했다.

모치스기에게 있어서 오늘은 특별한 날이었던 게 분명하다. 하지만 그렇다면 어째서 그는 오늘 등교한 걸까. 오늘이야말로 학교에 가지 말고 집중하고 싶었을 텐데.

　모치스기에게 내일 물어보자 싶었지만, 그가 내일 학교에 올지 안 올지 알 수 없었다. 오늘 밤에 달렸다고 했다. 라이브 공연은 성공한 것으로 보였는데, 그렇다면 모치스기는 내일 학교에 올까. 아니면 음악 제작에 몰두하기 위해 시간이 더 필요해질까.

　조금 떨어진 자리에 시선을 보내자 그곳에는 낯익은 사람이 앉아 있었다. 나는 내열에서 뛰쳐나와 그에게 걸어갔다.

　"저기."

　말을 걸자 마커스는 나를 보고 알아차린 듯한 표정을 지었다. 나는 안심하고 "아까 카페에서"라고 그에게 말했다.

　"아아."

　거기까지 말하다 그가 나와 안의 모습을 보고 있었을지도 모른다는 생각이 들었다. 카페에서 그가 약속 시간까지 기다리고 있던 사이에 나와 안이 의논하는 모습을 보고 있었을지도 모르고, 마커스와 이별한 후에 이야기하는 모습을 보고 있었을지도 모른다. 애초에 나는 어째서 마커스에게 말을 걸었는지 스스로도 잘 알 수 없었다.

하지만 그는 아무것도 모르는 느낌으로 "난 마커스라고 해요, 만나서 반가워요"라고 말하더니 손을 내밀었다. 나는 그 손을 잡아서 응했다. 금반지는 끼고 있지 않았다.

"대학생인 줄 알았어요."

"흔히 듣는 말이에요."

마커스는 한 정거장 옆에 있는 국제학교 학생인데 사복으로 등교하기도 해서 고등학생으로는 거의 보이지 않는다고 말했다.

"이 얼굴에 일본 교복은 절대로 안 어울릴 거고 말이죠."

그는 일본인 어머니와 멕시코인 아버지 사이에서 태어났고, 아버지 본가는 오악사카라는 도시라고 했다. 그가 "알아요?"라고 물었지만, 나는 솔직히 모른다고 답했다. 그러자 그는 스마트폰을 꺼내서 그 도시 사진을 보여주었다.

이국의 경치를 도려낸 그 한 장을 바라보고 있는 사이에 나는 거기에 문득 빨려들었고 정신을 차리고 보니 멕시코 거리에 서 있었다.

하늘이 거짓말처럼 푸르고 햇살은 환영하듯이 내 피부를 감싸고 있었다. 건물 외벽은 일본에서는 찾아볼 수 없는 독특한 색으로 칠해져 있고, 시원한 바람이 돌바닥을 걷는 다리를 어루만지고 있었다. 테라스에 있는 사람들의 목소리는 시끌벅적했지만 귀에 거슬리지 않았다. 교회에서 성가도 들려왔다. 어디에선가 고기 굽는 냄새가 났다.

누군가가 나에게 "올라"라고 말을 걸었다. 나는 "올라"라고
답하며 수줍어하면서 손을 흔들었다.

네가 좋아하는 / 내가 미워하는 세상

아가와 센리

아가와 센리 阿川せんり

1988년 홋카이도에서 출생했다. 홋카이도대학 문학부를 졸업하고 2015년 《염세 매뉴얼》로 제6회 야성시대 프론티어 문학상을 수상하며 데뷔했다. 다른 저서로 는 《아리하라 선배와 구제불능 번거로움 씨》, 《우리는 나쁘지 않습니다》가 있다.

"친애하는 야마모토 사야카 님께

이 글을 마지막으로 저는 저라는 존재를 이 세상에서 말소시키려 합니다.

마지막에 누굴 만나고 싶은지 생각하다 맨 처음 떠오른 것은 당신의 얼굴이었습니다. 이런 시간에는 만날 수도 없다는 게 안타깝습니다. 마지막에 일방적으로 말을 건네는 제멋대로인 저를 용서해주세요.

역시, 더 이상 무리인 듯합니다. 학교라는 그 장소는 있는 그대로의 저를 용납해주지 않습니다. 저는 저를 죽이는 수밖에 없나 봅니다.

다정다감한 당신은 책임감을 느낄지도 모르지만, 모쪼록 마음 아파하지 말아주세요. 당신과 함께할 수 있었던 그 시간만이 제가 살아 있었다는 유일한 증거입니다. 당신만이 진정한 저를 알고 있다는 그 사실만큼은 아무쪼록 늘 기억해주세요.

너무 길게 떠들어대면 아쉬워질 것 같네요. 따라서 이 정도로 해두겠습니다. 부디 건강하시기를 빕니다. 안녕히 계세요."

……이러한 메시지가 도착한 것은 어제, 즉 목요일 오후 10시쯤이었습니다. 그때 저는 학교에서 마치지 못한 보건 일지 작성을 자택 아파트에서 하고 있었습니다. 스마트폰을 보건 일지 위에 놓고 방 한구석에 자리한 책장을 힐끗 보고 나서 한숨을 한 번 쉬었습니다.

그리고 오늘 금요일 방과 후.

고등학생이 되면 보건실에 오는 학생의 이유는 다쳐서라는 게 적어지고 빈혈로 인한 컨디션 저조, 그리고 역시 대부분은 꾀병입니다. 뭐 꾀병이라기보다는 수업을 따라가지 못하거나 친구와 사이가 틀어지거나 해서 교실에 있기 답답하다며 '머리나 배가 아픈 느낌이 들어' 찾아오는 아이가 대부분이랄까요. 그런 일시적 꾀병(이라고 하면 어떨까요)인 학생 수가 많아지는 경향이 있는 한 주의 끝, 하지만 금요일 방과 후가 되면 평일이 끝난 거나 마찬가지라서 청소 당번인 학생이 일을 마칠 무렵에는 침대에서 누워 있던 학생도 돌아갈 채비를 하기 시작합니다. 따라서 의외로 한산한 노른자 시간(이라고 하면 어떨까요).

여느 때처럼 그녀는 나타났습니다.

"선생님, 정답!"

보건실 문을 힘차게 열고 들어와 빈틈없이 닫고 나서 그녀는 오른손으로 동그라미 사인을 만듭니다. 트집 잡을 곳 없이 반듯하게 입은 블레이저 교복, 중간 길이의 까만 머리, 그에 걸맞지 않은 실로 씩씩한 몸짓과 목소리.

"목소리가 좀 커"라는 제 속삭이는 소리를 듣고 그녀는 후다닥 책상으로 다가왔습니다. 그리고 주머니에서 스마트폰을 꺼내 의자에 앉은 제 앞에 치켜들어 보여줬습니다. 그곳에 표시된 것은 어제 그녀가 보낸 메시지에 대한 이쪽의 답변이었습니다.

"야기누마 가나타의《소중함이 끝난다》같은 문장이네요."

몇 번이나 글을 지웠다 덧붙였다 한 끝에 보낸 저로서는 문장이 쌀쌀맞아 보이네, 라고 스스로도 생각했습니다. 이걸로 그녀가 정말 자살했다면 아마도 여성 잡지에서 '냉혈한 보건교사!'라고 흠씬 비난받겠죠. 아니 뭐, 정말 유서라고 생각했다면 이런 답장을 안 보냈을 거지만요.

그녀는 들떠서 액정 화면을 더듬어갔습니다.

"못 알아차렸으면 큰일 나려나? 아직 전철이 다닐 시간인데 선생님이 다급하게 우리 집까지 찾아오진 않겠지?! 하고 조금 걱정했어요."

"시작부터 지하루답지 않은 글이어서 바로 알아차렸어."

조심스럽게 미소 지어 보이는 나에게 그녀―미코시바 지하루는 알기 쉬울 정도로 반짝이는 눈동자의 빛을 더 환하게 만들었습니다.

"선생님 이것도 읽었단 말씀이네요. 역시 선생님! 저기, 어떻게 생각하세요? 네?"

미코시바의 유서 같은 메시지는 야기누마 가나타라는 소설가가 작년에 출간한 단행본《소중함이 끝난다》의 서두를 그대로 베낀 것이었습니다(따라서 '같은'이라는 말은 타당하지 않습니다만). 여주인공이 주인공에게 보낸 '유서'인 듯한 것이었습니다.

"저기, 장난 아니죠?! 여주인공이 죽는 거야?!라고 생각했는데 그런 의미의 '자살'이 아니었다니. 그런데 죽는 것보다도 훨씬 괴로운 전개라서……."

내가 미소 지으며 고개를 끄덕이는 가운데 그녀는 소설의 어디가 어떻게 대단했는지 그녀가 알고 있는 말을 다 구사해서 좋았댔습니다. 말은 조리 있게 구사하려고 했지만, 결국 또 같은 찬사의 말을 사용했고 그 목소리가 카랑카랑해지는 것을 스스로도 알아차렸는지 간혹 목소리를 죽이기도 했지만 결국에는 다시 높아졌습니다.

그런 와중에 갑자기 미코시바 학생은 고개를 숙였습니다.

"……그런데 말이죠, 역시 유유는 별거 아니래요."

근처 침대에 앉아서 그녀는 자신의 무릎 언저리를 가만히 바라보았습니다.

"저기, 취향은 사람마다 다르니까……."

"그래도 이걸 읽고 감동 못 하는 사람은 인간으로서 잘못되지 않았어요?"

인간으로서 잘못되었다. 그런 거창한 표현을 그녀는 지극히 진지하게 사용하고 있었습니다. 하지만 친구인 유유 학생은 그런 그녀를 상대해주지 않습니다.

"서두에서 죽는다고 속이고서 안 죽는 건 흔한 패턴이래요. '비슷한 소설이라면 이쪽이 훨씬 더 재밌거든?'이라며 걔가 책을 빌려줬는데요…… 아~~~~~~~ 그런 건 읽기 싫어요~~. ……다음 주에 학교까지 오기 싫다니까요!"

그 아이가 보기 싫다, 이야기하기 싫다, 는 결코 아닙니다. 하지만 그걸 다 빼더라도 그냥 차라리 '학교 자체에 가고 싶지 않다'는 그 감정.

그건 무척이나 잘 이해가 갑니다. 저는 기본적으로 책상 업무를 보기 때문에 그녀가 하는 말에 그래그래 고개를 끄덕이고 가끔 긍정하는 대답을 하기도 합니다. 그녀는 "그렇다니까요! 그렇다니까!"라고 즐거운 소리를 지르다가도 금세 "그래도 유유는 말이죠……"라고 고개를 숙이는 게 눈에 선할 만큼 목소리를 죽이기도 합니다. 그 행동을 반복하다가 동아리 활동을 하는 학생도 학교 건물에서 나갈 정도의 시간에 가방을 짊어지기 시작합니다.

"……다음 주에도 와도 돼요?"

돌아선 채 가방의 어깨끈을 조절하면서 평소처럼 그렇게 확인했습니다. 제가 "그럼"이라고 매번 말하는데도 말이죠.

"정말, 선생님뿐이에요……. 야기누마 가나타를 진지하게 이야기할 수 있는 상대는요."

그리하여 그녀는 이쪽에 미소를 보내고서 가벼운 발걸음으로 보건실을 나갑니다.

미코시바 학생이 복도에 남아 있지 않은지 문에서 고개를 내밀어 꼼꼼히 확인하고서 전 보건실을 나갑니다. 보건실 바로 근처에 있는 계단을 올라갑니다. 2층으로 올라가 조금 걸이기면 교직원 화장실이 있습니다. 다행히두 안에 다른 서생님은 없는 듯했습니다.

교직원용 여자 화장실 벽에는 딱 주먹 크기로 움푹 파인 곳이 있습니다. 제가 이 학교에 왔을 때 이미 있었고 아무래도 옛날에 교직원끼리 다투다 생긴 모양이지만, 학생 눈에 띄지 않는 장소라서 보수도 하지 않은 채 그대로 두고 있다고 하더군요.

그렇게 파인 곳을 곁눈질하고서 저는 화장실 안쪽으로 가작은 창문을 열었습니다. 날은 10월도 끝자락에 가까워진 무렵, 동아리 활동이 끝난 이 시간의 하늘은 해도 져서 이제 곧 어두컴컴해질 듯합니다. 아래에 펼쳐진 운동장에는 어느 누구의 모습도 없었습니다.

"……아니, 흔한 패턴이긴 하잖아?"

창문 새시에 팔꿈치를 괴고 허공을 향해 나는 내뱉었습니다.

"여주인공은 어차피 안 죽겠지, 하고 솔직히 초장부터 생각했었고. 더구나 여주인공의 성격이 또, 뭐더라……? 불행한 것 치고는 남을 깔본다고 해야 하나, 이런 여자를 필사적으로 구하려고 하는 주인공 호감도도 뚝뚝 떨어진다고 해야 하나, 그냥 둘 다 죽지 그래, 싫다고 해야 하나."

말을 내뱉어도 아직 하얀 입김이 맺히지 않는 계절입니다.

담배라도 피우면 모양이라도 날지 모르겠습니다. 아니 뭐 교내 금연이지만요.

"뭐 유유가 빌려줬다는 소설도 까놓고 말해서 뭔가 부족한 작품이긴 하지만…… 그것보다 더 시시하다고. 그렇지 않아? 야기누마 가나타 소설."

하늘에 내뱉어도 어둑어둑한 그 말은 그녀 앞에서는 절대 해서는 안 되는 말입니다.

친구가 꼴 보기 싫다, 아니 학교 자체에 가고 싶지 않다. 그 심정은 충분히 이해합니다. 이해하고는 있지만.

야기누마 가나타를 좋아하는 건 이해할 수가 없네요.

따라서.

"아~~~~~~~~~~~~~~~ 금요일 따위 이 세상에서 없어지면 좋을 텐데…… 아니, 그러면 목요일이 주말 전날이 되는 것뿐인가……? 짜증 나, 아 진짜 어쨌거나―."

요 몇 달 동안 저는 이렇게 화장실에 찾아와서는 속마음을 허공에 녹여내고 있었습니다. 허용치를 넘어서서 공기 중의 속마음이 구현화되어 뭐 어떻게든 되지 않을까. 역시 거기까지는 생각하지 않았지만 말이죠.

어쨌거나.

금요일의 보건실에는 가고 싶지 않습니다.

.그런 소리만 중얼중얼하다가 "나도 참 뭐 하는 짓이람……"
하고 아무도 없는 운동장에 시선을 떨어뜨렸습니다.

○ ×

저는, 야마모토 사야카, 올해로 스물다섯입니다. 보건교사
이자 양호교사가 된 지 3년째이며 여전히 서류 업무를 하다
실수를 하기도 하지만 조금은 능숙해지지 않았나 싶은 연차
입니다.

실제로 요 약 2년 반 동안 보건실로 찾아오는 다양한 학생
들을 봐왔지만, 대부분의 아이들은 마지막에 미소를 보이며
보건실로의 발길을 끊었고 그 후 담임선생님에게 안 좋은 이
야기를 듣는 일도 없었습니다.

고등학생은 저마다 고민하고 있습니다. 하지만 그 고민은
어딘가 누군가의 고민과 서로 닮았습니다. 병이 위독해지는
불행이 닥쳐오는 일은 없지만, 남들과 비슷하게 짜증 나는 경
험은 해온 그런 재미없는 인간인 저한테는 공감할 수 있는 일
이 많습니다.

보건교사의 역할은 고민에 대해 똑 부러지는 해답을 내주
는 것이 아닙니다. 이야기를 듣고 좌우지간 공감해주는 것. 끈

기 있게 그러고 있으면 학생 자신이 문제에 대한 해결 방법을 찾아냅니다. 개중에는 자신에게 불리한 부분을 속이려는 학생도 있지만, 그 점은 말꼬리를 잡고 늘어지지 않습니다. 대개 학생들은 자신에게 유리한 이야기만 하고 있으면 죄책감을 느끼기 시작해 스스로 잘못을 마주하게 됩니다. 따라서 오로지 귀를 기울이는 것이 제 일입니다.

저는 학생들의 심정을 이해합니다. 그런 느낌으로 '꽤 괜찮은 보건 선생님이 되지 않았나' 하고 자신감을 가지고 있었습니다만.

"역시 유유가 빌려준 책, 완전 재미없었어요! 비슷한 소설이란 취급을 받는 게 오히려 용서할 수 없을 정도예요!"

요 몇 개월 금요일 방과 후, 그런 자신감은 흔들리고 있었습니다.

미코시바 학생이 "거리낌 없이 대해주는 편이 오히려 이야기하기 쉽다"라고 한 말을 전적으로 믿고 책상을 마주했고, 저는 벌레 씹은 표정을 지을 것 같아서 필사적으로 참고 있습니다.

"……아마도 주제 부분에서 유유 학생이 '비슷하다'고 느꼈겠지만…… 다루는 방법이 비교적 다르긴 하지."

"그렇죠?! 백번 양보해서 비슷하다고 해도 그쪽은 야기누마 가나타의 하위 버전의 카피본이에요. 베낀 거라고요! 야기누마 가나타는 신이에요!"

자칫 실수로라도 "신이라는 말을 이젠 아무 데나 다 갖다 붙이는 세상이네"라고 말해서는 안 됩니다.

……아니요. 말하지 않더라도 생각해버린 시점에서 전 이 아이에게 공감을 못 하고 있습니다.

책을 좋아하는 당신에게 묻고 싶습니다. 1년에 두세 권 정도는 다 읽은 후에 벽에 냅다 집어 던지고 싶어지는 책을 만나지 않나요? 집어 던지기까지는 하지 않더라도 성냥이나 라이터 자리를 확인하기 시작할 만한…… 아니, 제가 너무 나갔네요. '왠지 마음에 안 드네' 싶은 책을 만나는 일 정도는 있지 않나요? 그런 책을 쓴 작가는 나름 미워지기도 하지요.

하지만 그런 작가를 매주 가까운 거리에서 찬양하는 소리를 계속 들어야 한다면 과연 당신은 견딜 수 있나요?

……견뎌야만 합니다.

저는 보건교사입니다. 학생들의 고민에 공감하고 고개를 끄덕여줘야 하는 입장입니다. 약한 입장에 놓인 사람이 조금이라도 편하게 지낼 수 있도록 해주고 싶습니다.

그런 생각을 하면서 늘 저는 교직원 화장실 창문을 열게 됩니다. 그리하여 마음 깊숙한 곳에서는 미코시바 학생에게 다가서지 못하는 자신을 혐오하는 겁니다.

○ ×

미코시바 학생이 처음으로 보건실로 찾아온 것은 고등학교 2학년이 되고 나서 2개월 정도 지났을 무렵, 즉 올해 6월쯤이었습니다. 금요일이 아니라 수요일 점심시간 직후였던 것 같습니다.

그때 그녀는 늘 그렇듯 "그냥 머리가 아파서"라고 변명을 하고 바로 침대에 누웠습니다. 하지만 잠이 오지 않았는지 제가 자리를 비운 틈에 주머니에 숨겨놓고 있던 문고본을 꺼냈습니다.

제가 바로 돌아와서 그녀는 매우 당황해했습니다. 책을 떨어뜨렸고, 그 바람에 서점에서 받을 수 있는 종이 북커버가 완전히 구겨져 표지 타이틀이 드러났습니다.

그걸 본 순간 저는 무심코 말이 새어 나왔습니다.

"아, 야기누마 가나타 책."

새어 나온 그 말에는 간신히 부정적인 어감이 실려 있지 않았나 봅니다. 그래서였을까요. 미코시바 학생은 "선생님도 아세요?!" 하고 몸을 벌떡 일으켜 세웠습니다. 그런 기세로 다가오면 "알고는 있지만…… 좋아하지는 않아"라고 솔직히 말하기란 상식적으로 생각해서 불가능합니다.

제가 적당히 고등학교 시절 들었던 야기누마의 작품에 대한 찬사를 이끌어내자 그녀는 점점 고개를 끄덕이는 속도를 높여갔습니다. 그리고 결국에는 말하기 시작했습니다. 2학년이 된 지 얼마 되지 않았을 무렵, 서점에서 우연히 신기하게 눈길을 끄는 책을 만났다. 큰맘 먹고 표지가 두꺼운 양장본을 처음으로 구입했고 흠뻑 빠져 바로 중고 서점에서 야기누마 가나타 책을 갖출 수 있을 만큼 갖추었다.

하지만 독서를 좋아해서 의기투합한, 반이 바뀐 후로 처음으로 생긴 친구인 유유는 그녀와 같은 감상평을 가지고 있지 않았다. "왠지, 책을 여러 권 빌려줬는데도 안 맞는 것처럼…… '이제 야기누마 가나타 책은 됐어'라고까지 하더라고요." 결국에는 한숨까지 쉬는 모습에 발끈해서 반론했지만 완전히 설복당하고 말았다. 그래서 참지 못하고 보건실로 달려왔다.

그런 그녀가 다음과 같이 말하는데 교사로서 어떻게 대처하는 게 타당했을까요.

"선생님은 야기누마 가나타 좋아하죠?!"

미코시바 학생 그룹은 독서를 좋아하는 아이들이 모여 있어서 그녀는 다른 친구에게도 야기누마 가나타를 포교하고 있다고 합니다. 하지만 유유 학생을 추종하듯이 아무도 지지해주지 않았다고 합니다. 미코시바 학생의 '취향'은 누구에게도 인정받지 못한 거죠.

6월부터 여름방학을 사이에 두고 10월에 이르기까지 그녀는 보건실에 계속 드나들었습니다. 맨 처음에는 '오고 싶으면 언제든지'라는 느낌이었지만, 이야기를 나누는 동안 혼자서 열을 올리기 때문에 학생이 없는 금요일 방과 후에 오게 되었습니다. 본래라면 학생과 사생활 이야기를 주고받는 것은 금지되어 있지만, 끈기에 져서 폰 번호도 알려주고 말았습니다(최소한의 저항으로 라인*은 안 한다고 거짓말했습니다).

갈 곳을 잃은 '취향'을 발산하고 싶다, 분명 그녀는 그런 마음으로 속이 터지려 하고 있었겠지요.

어쨌거나 누군가와 '취향'을 공유하고 싶다, 부정하지 말아줬으면 좋겠다, 공감해줬으면 한다.

그 감정도 충분히 이해합니다. 정말로 잘 이해합니다…… 알고는 있습니다.

---

* 모바일 메신저.

○ ×

"보건 선생님은 평화롭다고 할까, 업무가 한가해 보여서 부러워."

11월이 되고서 처음 맞이한 금요일, 여느 때와 다름없이 허공에 불평불만을 마구 토로한 후에 이것저것 사무 작업을 마친 저는 근무지인 학교에서 두 정거장 떨어진 곳에 있는 다이닝바로 직행했습니다. 오늘은 고등학교 시절부터 어울려온 친구들과 술자리가 있었습니다.

가시스오렌지 산을 입으로 옮기면서 저는 미묘하게 고개를 갸웃거렸습니다. "보건 선생은 하루에 그렇게 다친 애들이 많이 찾아오는 것도 아닐 테고, 일도 그렇게 안 많잖아? 아, 지금은 카운슬링 같은 업무가 많으려나? 그건 뭐 힘들겠네" 같은 소리를 흔히 듣는데, 이젠 익숙합니다. 실제로는 전교생의 건강진단 결과를 집계하고 통계 처리를 한다든가, 보건 일지를 작성한다든가, 교내의 위생 상황을 체크하거나 해서 매일 나름대로 잔업 아닌 잔업을 하기도 하지만 말이죠. 그런 점들을 자상하고 친절하게 설명할 여유가 주어지는 일은 그다지 없습니다.

"빌어먹을 상사가 쓸데없는 업무를 떠안기는 일은 없지? 우리 회사는 말이야, 상사가 진짜 왕재수인데…….”

상사의 악행에 대해서 구구절절하게 말하는 친구. 그 말끝에 “회사에 가기 싫어 죽겠어” 하고 중얼거리는 소리가 더해졌습니다. 그 중얼거리는 소리에 호응하듯이 다른 친구들도 이야기하기 시작합니다.

“거래처 사람이 매번 성희롱 발언을 하는데…….” “할당량이 너무 빡세서 말이야…….”

제각각 다른 대학에 진학한 후에도 이따금 모여 최근에 읽은 책 이야기를 했던 모임은 취직하고 나서는 완전히 직장에 대한 불평불만만 주고받게 되었습니다. 모두 저마다 업무로 불쾌한 일을 겪어서 이직도 진지하게 고려하기 시작하는 3년 차 사회인입니다. 누구라고 할 것 없이 지쳐서 완전히 “회사 때려치우고 싶어” “회사에 가기 싫어 죽겠어” 하는 상태가 되어 있죠.

그에 쓴웃음을 지으며 저는 ‘나도 금요일에는 일하러 가기 싫어…….’라고 생각했습니다. 하지만 속으로 바로 고개를 가로저었죠.

모두가 업무로 부당한 일을 당하는 가운데 “매주 금요일 방과 후에 보건실로 오는 여학생이 내가 싫어하는 책 이야기만 해대서 지긋지긋해 죽겠어”라고 도무지 말할 수 없는 법이죠.

그중에서 제 고민이 제일 보잘것없어서 저야말로 남에게 부당한 행동을 하는 쪽에 서 있다고 할 수도 있습니다.

"아, 그러고 보니. 사야카, 미하루랑 연락하고 지내?"

그렇게 갑자기 그 자리에 없는 친구의 이름이 거론되어 제 심장이 쪼그라들었습니다. 얘길 꺼낸 친구는 제 속마음을 알아차리지 못했겠죠. 조금 전까지 토로하던 불만에 취해 있던 모습을 살짝 바로잡고 "요전번에 우연히 들은 말인데"라고 이어서 말했습니다.

"미하루, 회사 때려치우고 지금은 외국에서 빈둥대고 있나 봐."

다른 친구가 "진짜? 기껏 들어간 출판사였는데"라고 큰 소리를 냈습니다. 또 다른 친구는 "뭐 그래도 편집자는 뼈를 갈아 넣는 일이라잖아…… 미하루가 관뒀구나……"라고 안타까워하는 표정을 지었습니다. "사야카, 미하루랑 절친이면서 못 들었어?"라며 제 어깨를 두드렸지만 "최근에 우리랑도 연락 안 하고 지내긴 했으니까"라고 바로 누군가가 말해서 "왠지 충격이긴 하네" 하고 대합창이 시작되었습니다.

저는 별다른 대답을 하지 않고 입언저리를 가리려고 잔을 입으로 옮겼습니다. 하지만 내용물이 비어 있어서 살며시 점원을 불러 깔루아밀크를 주문했습니다.

고등학교 시절, 친구들 사이에서 제일가는 독서가에 소설에 있어서는 일가견 있던 미하루. 취직하고 나서는 "진짜 눈코 뜰 새 없이 바빠"라며 이 모임의 술자리에는 전혀 참가하지 않았던 미하루.

그런 그녀가 회사를 관뒀을 줄이야.

평소보다 술이 더 들어가서 다음 날 찾아오게 될 숙취가 볼 만하겠다 싶었습니다.

○ ×

고등학교 시절부터 어울려온 친구들이 조금 전에 한 말 때문은 아니지만, 보건교사에 어떤 인상을 가지고 있습니까? 또는 보건실이라는 말을 듣고 어떤 기억이 되살아나나요?

가끔 '몸 상태가 안 좋았는데 꾀병 취급을 받아서 보건실에서 못 쉬게 하더라'라는 이야기도 접하곤 하지만, 오히려 '누가 봐도 꾀병인데 받아주고 은근히 이쪽 사정에 귀를 기울여주었다'라는 쪽이 이미지에 부합하지 않나요? 제 고등학교 시절 보건 선생님은 바로 그런 분이셨습니다.

뭐랄까, 지금의 친구들 그룹과 절교하고 싶다든가, 적어도 한 방 먹이고 싶다든가, 거기까지는 생각 못 하는 주제에 '내일 세상이 멸망해도 아무렴 어때'라고 머리 한구석으로 진지하게 생각하던 그런 고2인 저에게 웃거나 화를 내지 않고 그저 조용히 다가와주었습니다. 약한 입장에 놓인 사람의 심정을 누구보다도 이해해주었습니다. 그 장소에서 저는 부정당하지도 않았고, 자신이 좋아하는 것에 대한 이야기를 원하는 만큼 할 수 있었습니다.

나도 이렇게 되고 싶다. 그렇게 생각한 것도 필연적이라고 할 수 있지요.

나 같은 심정을 가진 사람에게 도움이 되고 싶다. 실은 막 따지고 들고 싶은데 어차피 말 못할 심정을 적어도 조금이라도 방류할 수 있는 장소가 될 수 있다면.

선생님. 저는 당신을 보고 그에 뜻을 두었습니다.

그런데. 아아, 선생님.

저는 지금, 아파트의 제 방에 있는 노트북을 두고 야기누마 가나타의 부정적인 감상평을 뒤지고 있습니다…….

"아, 진짜 '야기누마 가나타' '싫다'로 검색했더니 '책 싫어하는데 야기누마 가나타의 소설만큼은 다름!'은 진짜 안 나와줬으면 좋겠다……."

주로 트위터에서 '야기누마 가나타' 플러스 '싫다' '시시하다'

'별거 없다'라고 검색을 해가는 나. 최근에는 개인 블로그에서 일일이 책 비평을 하는 사람도 그다지 없어서 구글에서 몇 페이지나 검색해도 그럴싸한 사이트가 나오지 않았습니다. 아마존에는 리뷰가 한두 개 달려 있고 별 하나라든가 별 두 개인 감상평이라서 희희낙락거리며 뒤져보았으나.

"'이 문장이 모순돼 있다'라니 그게 아니라고……. 것보다 이렇게 뭐랄까……!"

이런 부류의 리뷰는 웬지 제 기대와는 다르다고 할 수 있습니다. 그래서 종착점은 트위터인데 말이지요.

……나도 참 뭐 하는 짓일까요?

어쩌면 제 고등학교 시절 선생님도 실은 제가 좋다고 난리였던 책을 싫어했고 비슷한 행동을 하지는 않았을까……? 하고 생각하는 건 마음이 아파지니 관두기로 했습니다. 아뇨, 분명 그 선생님은 그런 행동은 하지 않았을 겁니다.

그건 그렇고 말이죠, 인터넷에서는 사람들의 악의가 증폭되어 폭주한다고 흔히들 그러던데. 인터넷, 참으로 평화롭더군요. 트위터에서 책 감상평을 찾아도 줄지어 나오는 것은 긍정적인 의견뿐이었습니다. 불특정 다수의 눈에 띄기 때문에 '그 작품을 좋아하는 사람이 보면 상처 입을지도 모르겠다' 같은 작용이 발동하는 걸까요?

인터넷보다도 대면하는 쪽이 속임수기 먹히니 봅니다. 예를 들어 트위터에서 '이 작품 엄청 재미있었다!'라고 글을 올린 사람에게 '당신이 좋아하는 작품 말이죠, 시시하네요(웃음)'라고 쪽지를 보내면 더 이상 이야기해봤자 소용없는 꺼림칙한 사람으로 보이겠죠. 하지만 대면하고 있다면 의외로 이게 쉽게 가능합니다. 왠지 모르게 '깔봐도 되는 사람'이 그룹 내에서 정해져 있고 그 사람을 두고 "사야카가 좋아하는 작품이라면 어차피 이런 느낌이지 않아?"라고 하면 주변 아이들은 "아아, 맞아(웃음)"라고 받아들입니다. 보다 직접적으로 무시당한다고 해도 그 사람은 그 자리의 분위기에 맞춰서 웃는 것밖에 용납되지 않죠.

보건교사가 되어 보건실에서 일하게 되고서 그런 '무시당하는 아이'가 참 많구나 하고 통감했습니다. SNS 왕따도 있지만, 역시 얼굴을 맞대고서 일어나는 폭력은 피하기 힘든 법입니다. 분위기에 취해 어쩌다 보니 일어나는 악의라는 것은 여기저기에 만연해 있고 수많은 아이들의 자신감이 꺾이고 있습니다.

제 고등학교 시절에도 트위터가 이미 있었지만, 그 시절에 이런 SNS를 접했더라면 좀 더 마음을 다부지게 먹을 수 있었을까요? 그런 생각을 하면서 '야기누마 가나타' '재미없다'로 트위터에서 검색을 하고 있습니다. '재미없다'로 검색을 다시

하던 차에 퍼뜩 제정신으로 돌아왔습니다.

　……아냐, 아냐. 처음에는 이렇지 않았습니다.

　원래 목적은 야기누마 가나타에 대해 긍정적인 의견을 얻는 것이었습니다. 긍정적인 의견을 가지고 있는 수많은 사람을 접하여 야기누마 가나타 작품에 대한 악감정을 불식시킬 수 있지 않을까. 미코시바 학생에게 진심으로 공감해줄 수 있지 않을까.

　정말 그렇게 생각했었는데 말이죠. 인터넷에서 긍정적인 의견을 접하고 있던 중에 속이 메슥거리기 시작했고 정신을 차리고 보니 '싫다' '시시하다'를 추가 키워드로 넣고 있었습니다.

　컴퓨터에서 손끝을 떼어내고 방구석에 자리한 책장으로 시선을 옮겼습니다.

　저는 미코시바 학생을 알게 되자마자 야기누마 가나타의 모든 작품을 모으기 시작했습니다. 야기누마 가나타는 이제 곧 데뷔한 지 10년이 되는 작가이고 히트를 친 작품은 없지만 어째서인지 업계에서 중견 역할을 담당하는 듯한? 그런 느낌의 작가입니다. 다행히 출간 페이스가 그렇게까지 빠르지 않습니다. 가능한 한 문고본에, 문고본이 나오는 데 시간이 걸릴 법한 작품은 울며 겨자 먹기로 하드커버로 구입했습니다.

속내를 털어놓자면 다 중고 서점에서 사고 싶었는데, 돈을 들이면 대상에 대한 애착이 솟구치는 심리 효과를 기대해서 단골 서점에서 다 사 모았습니다.

미코시바 학생이 좋아하는 책이다. 그 사실을 염두에 두고 열심히 읽었습니다. 하지만 왠지 아무리 애를 써도.

고등학교 시절의 기억이 스쳐 지나갈 뿐이었습니다. 그리고 계기가 무엇이 됐든 이미 '야기누마 가나타'와 '싫다'는 자신의 마음속에서 끊으려야 끊을 수 없다는 사실을 통감하게 되었습니다.

심지어 말입니다. 읽으면 읽을수록 "그냥 재미없지 않아?"라는 확신만 깊어졌습니다.

11월 말 금요일, 실내화를 벗고 보건실 침대에서 다리를 버둥거리는 미코시바 학생은 나에게 발랄한 목소리를 쏟아냈습니다.

"그러고 보니 선생님이 제일 처음에 읽었다던 야기누마 가나타 작품은 뭐예요?"

그 말에 나는 사무용 책상에서 돌아보지도 않고.

"……데뷔작. 그건 신선했어. 압권이던 그 결말은 문학계에 혁명을 가져다줬다고 해도 과언이 아닐 거야."

고등학교 시절에 귀에 딱지가 앉을 만큼 들었던 과장되기 짝이 없던 말. 그 말을 태연히 입에 올렸습니다.

"데뷔작부터 쭉 따라서 읽어온 거네요?! 왠지 그런 거 근사해요."

"……근사하긴. 오랜 팬이니 특별할 것도 없지. 야기누마 가나타에 대한 지하루의 애정에는 못 따라가."

"에헤헤, 그런가요?"

미코시바는 수줍어하는 듯한 목소리로 말했습니다. 그 목소리가 갓 데뷔했을 적의 야기누마 가나타를 과도하게 칭송하던 옛날의 목소리와 겹쳐졌습니다.

─내가 야기누마 가나타의 제일가는 팬이니까.

아, 네, 그러십니까. 미하루는 지금도 야기누마의 팬일까요. 아니, '미하루'와 미코시바 학생의 이름인 '지하루'가 비슷한 것은 무슨 운명의 장난일까요?

이름에 머물지 않고 왜 미코시바 학생의 '취향'은 제가 아닌 미하루와 같을까요.

─야기누마 가나타의 장점도 모르면서 그런 걸 좋아하다니. 그래서 사야카는 글렀어.

왜 야기누마 가나타를 좋아하는 건 허용되는 걸까요. 왜 미하루의 '취향'은 당당하게 말해도 되고 전 안 되는 걸까요.

왜 미하루는 제 취향을 이해해주지 않았을까요.

"아 진짜, 신간 기대돼요……. 선생님 듣고 있어요?"

미코시바 학생이 부르는 소리에 흠칫해서 등줄기를 꼿꼿하게 세웠습니다. 저는 다급히 "그러네!"라고 상황을 무마했습니다. 그다지 신경 쓰는 기색 없이 미코시바 학생은 이야기를 이어나갔습니다.

즐거움으로 벅찬 그 목소리를 들으면서 저는 몇 번이나 타일러왔던 것을 재차 자신에게 일러두었습니다. 미코시바 학생 또한 '취향'을 인정받지 못하는 입장에 있다. 그녀가 자유롭게 숨 쉴 수 있는 곳은 보선실뿐이다. 그래서 그 이야기를 사기 일처럼 받아들이는 게 보건교사의 역할이라고 말이죠.

아아, 그래도 어째서. 비슷한 처지에 있으면서 미코시바 학생이 좋아하는 건 제가 싫어하는 것일까요.

저기요, 신이든 뭐든 그런 유의 존재인 분이시여. 당신이 운명을 잘못 설정한 건 아닐까요?

○ ×

신에게 궁금증을 품은 벌인지 뭔지.

12월에 들어선 지 얼마 지나지 않아 보건실에 찾아오던 미코시바 학생은 문을 닫자마자 "사인회가 열린대요!"라고 소리 쳤습니다.

"사, 사인회?"

의자를 틀어 입구로 향하면서 일부러 되물었지만, 그녀가 쏟아내는 설명은 제가 순간적으로 요모조모 했던 상상을 뒤집는 일이 없었습니다.

이달 말에 야기누마 가나타 신간이 발매되어(신간이 나온다는 사실 자체는 미코시바 학생에게 지난달 시점에 몇 번이나 들어서 죽을 맛이었습니다) 그와 더불어 사인회가 열린다고 합니다. 더구나 개최 장소는 미코시바 학생이 좋아하는 서점이고 말이죠.

"꼭 가야만 해요! 실물로 보는 야기누마 가나타예요! 선생님!"

평소보다도 요란하게 침대에 뛰어드는 그녀에게 저는 의자를 드르륵 돌려 등을 졌습니다. 등을 지고서 "꼭 가야겠네"라고 맞장구를 쳤습니다.

어라, 사인회라고? 진짜긴 한 거야? 야기누마 정도 되는 작가도 사인회를 하는구나. 심박수가 이상한 방향으로 올라갔습니다.

미코시바 학생은 "과거에 야기누마 가나타 사인회에 간 적 없어요?"라고 질문했습니다. "없어"라고 고개를 가볍게 저었습니다. 야기누마 가나타는커녕 사인회라는 것에 가본 전례가 없습니다.

예약해서 입장권을 얻어야 하는지 미코시바 학생은 "오늘 하굣길에 선생님 입장권도 예약할게요!"라고 이쪽의 스케줄도 확인하지 않고 말을 꺼냈습니다. 굳이 확인하지 않더라도 스케줄이 비어 있던 저는 "부탁이니 예약이 쇄도해서 입장권이 다 나가버려라!" 하고 미코시바 학생이 하교한 후에 교직원용 화장실 창문에서 하늘을 향해 기도를 올렸습니다. 야기누마 가나타의 번영을 빌었던 건 이전에도 이후에도 이때뿐이겠죠. 하지만 신은 저를 두고 철저하게 냉철한 방침으로 나가실 모양인지 미코시바 학생에게 "완벽하게 손에 넣었어요!" 하는 문자가 그날 중에 도착했습니다.

저는 제 방에서 심호흡을 한 후에 컴퓨터를 마주하고서 사인회 예절에 대해 검색했습니다.

태어나서 처음으로 가는 사인회입니다. 미코시바 학생과 함께 간다면 어른으로서 어긋난 행동을 해서는 안 되겠지요. 사인을 받는 동안에는 어떻게 해야 할까. 어라, 간식거리가 필요하나? 기본적으로는 없어도 된다. 하지만 편지 같은 걸 전해주면 작가님이 기뻐한다…….

야기누마 가나타에게 보내는 편지라니, 뭘 써야 할까요. '늘 고역스럽게 읽고 있습니다'라고 쓰는 게 오히려 먹힐까요? 아니, 오히려고 뭐고. 태어나서 처음 가는 사인회가 싫어하는 작가 사인회라니 이제 무슨 날벼락 같은 일이냔 말이죠.

참고 삼아 '사인회' '싫어하는 작가'로 검색해봤지만, 저에게 답을 줄 만한 사이트를 찾을 수 있을 리가 없었습니다.

12월은 시와스*라는 이름이 나타내는 것처럼 순식간에 지나가버렸습니다. 아니요, 하루하루는 제 애를 바짝바짝 태우듯이 몹시 느리게 느껴졌던 것 같습니다.

이런저런 일로 눈 깜짝할 사이에 찾아온 종업식, 그리고 야기누마 가나타의 신간 발매일, 또한 언급할 것도 없이 사인회 당일이었습니다.

미코시바 학생과는 사인회 시작 시간인 오후 5시 반에서 30분 전에 만나기로 했습니다. 집에 있어도 아무것도 손에 잡히지 않아서 4시 무렵에는 서점에 도착했습니다. 실컷 고민한 끝에 편지는 안 쓰는 쪽으로 가닥을 잡고 야기누마 가나타에게 어떤 표정을 지을지 거울 앞에서 연습을 하느라 잠이 매

☀ 師走. 직역하자면 '스승이 달리는 달'로, 12월의 별칭이다. 교사가 연말에 가장 바쁜 시기를 보낸다는 의미를 담고 있다.

우 부족한 몸은 최고조로 나른하기 짝이 없었습니다.

싫어하는 작가를 앞에 두고 미소를 가장하기 위한 에너지를 축적하기 위해 적어도 직전까지 좋아하는 책 표지라도 보고 있자 싶어서 무거운 발걸음을 채찍질해가며 서점 안에서 어슬렁거리고 있었습니다. 야기누마 작품 때문에 심란해진 마음을 가라앉히려고 다른 작가의 작품 구매량도 늘고 있는 요즘 이 무렵. 이미 집에 있는 좋아하는 책 표지를 바라보며 히죽대보기도 했습니다.

그런데. 자신의 바로 곁에 사람이 있고 아무래도 이쪽 책장을 둘러보고 싶어 하는 분위기를 느꼈기에 한 걸음 옆으로 비켜주었습니다. 그 바람에 곁에 있던 인물의 얼굴을 무심코 바라보았는데.

"어라?"

얼떨결에 소리를 높이고 말았습니다. 황급히 입을 다물자 제 목소리에 반응해서 곁에 있던 인물도 이쪽의 얼굴을 빤히 바라보았습니다.

"사야카?"

"……미하루."

그 자리에서 몸이 굳어지면서 어색하게 이름을 부르는 저에게 오랜만에 얼굴을 마주하는 미하루는 큼직한 눈을 크게 떠 보였습니다.

"깜짝이야. 사야카, 하나도 안 변했네?"

서점에서 나름 가까운 찻집. 자리에 앉자마자 미하루는 명랑하게 그렇게 말했습니다. 저는 '너야말로 하나도 안 변해서 바로 알아보고 소리가 튀어나왔는데, 뭐'라고 생각하면서도 말로 하지 않고 애매하게 고개를 끄덕이면서 메뉴판을 음미하는 척했습니다.

책장 앞에서 재회하고는 바로 "잠시 어디 들어가서 이야기라도 좀 하자"라고 미하루가 말을 꺼냈습니다. 제가 "5시쯤에 볼일이 좀……"이라고 머뭇거리자 바로 "혹시 사인회?"라고 맞춰버리는 것이었습니다. 자기도 그렇다며 웃는 미하루는 그럼 더더욱 사인회 때까지 같이 시간을 때우지 않겠냐고 눈에 힘을 빡 싣더군요.

둘 다 커피를 주문한 후 담소 모드에 돌입했습니다.

"저기…… 그게, 미하루 너 외국에 가 있다고 들었는데."

그런데 지금 이곳에 있다는 건 일부러 사인회 때문에 돌아왔다는 걸까? 하고 문득 생각했지만, "아무리 그래도 그렇게까진 안 해"라고 미하루는 웃음을 터뜨렸습니다. 귀국한 타이밍에 우연히 사인회가 열려서 왔을 뿐이라고 합니다.

그렇구나, 하고 웃으면서 저는 머리를 이리저리 굴렸습니다. 미하루는 편집자였으니, 야기누마 가나타와 뭔가 인연이 있었을까. 오늘은 전직 출판사 관계자 태도로 임하고 있는 걸까, 아니면 어디까지나 일개 팬의 자세로 있을 작정일까. 것보다 분위기가 상당히 명랑한데, 출판사를 관두고 외국으로 갔다면서 거기에 얽힌 일로 어둡지는 않네.

"아니, 사야카가 야기누마 가나타 사인회에 온 게 더 놀라워. 고등학교 시절에 안 맞는다고 그랬지 않았어? 지금은 좋아해?"

서빙된 커피를 한 모금 마시고 나서 저는 "고등학교 학생 영향으로…… 사람은 변하는 법이니까"라고 미소 지어 보였습니다. 마지막 부분만 어감을 조금 강하게 해서 말이죠.

하지만 이쪽의 심리 따윈 개의치 않고 미하루는 커피에 밀크를 넣고 저으면서 말했습니다.

"그렇구나. 사야카도 야기누마 가나타의 장점을 알게 되었구나."

커피 스푼을 움직이는 그 동작이 몹시 권태로웠고 그 목소리도 어딘가 나른한 어감을 동반하고 있었습니다.

……어쩌자는 걸까요. '싫다'고 하면 뭇매질을 하는 주제에 '좋아한다'고 말했더니 그건 그것대로 조금 불복하는 이 느낌

은 말이죠.

제가 야기누마 가나타의 장점을 이해하는 게 굴욕이라고 말하고 싶은 건지. 너한테 있어서 난 여전히 '아래'인 건지.

더구나 미하루는 다그쳐왔습니다.

"그러고 보니 사야카, 보건교사였지? 괜찮아? 일은 제대로 하곤 있어? 취직했을 때부터 별 이유 없이 네가 걱정스럽더라고."

재차 입으로 옮기려고 들어 올리던 잔을 그 자리에서 힘을 실어 쥐었습니다.

"애, 옛날부터 넌 일을 한 면으로만 보는 경향이 있었잖아. 그런데도 학생들 고민을 제대로 들어줄 수 있으려나 싶어서."

이쪽을 위로하는 듯한 다정한 목소리를 내면서도 그 눈에 조롱하는 눈빛을 희미하게 담고 있었습니다. 미하루의 표정을 정면에서 보게 되었습니다.

……아, 진짜. 또 이렇게 나오네? 이렇게 되리란 건 찻집에 가자고 권유받은 시점에 진즉 알고 있었는데. 알고 있었는데도 권유받고서 거절하지 않은 건 자신이 '아래'라서 따르는 수밖에 없어서가 아닙니다. 미하루를 만나서 뭔가 만회할 수 있지 않을까 아련하게 기대해버렸기 때문입니다.

애초에 고등학교 시절, 짜증 나는 일을 겪으면서도 같은 그

류에 계속 머물렀던 것은, 그리고 미하루의 절친으로 지내기를 감수했던 것은 다른 그룹으로 옮길 용기가 없어서뿐만 아니라 이대로 이 무리에 계속 있으면 그때까지 겪은 불운에 대한 대가로 돌아올 '무언가'가 있지 않을까 기대해서였습니다. 조금도 만회할 수 없으면 직성이 풀리지 않아서였죠.

그럴 기회는 결국 찾아오지 않았고, 이제야 그런 행운이 찾아오는 그런 유리한 상황이 있을 리도 만무하겠죠.

"그렇게 바로 '애써 미소를 짓고 있습니다' 하는 얼굴로 가만히 있고 말이지. 그렇게 하고 있으면 상대가 자신이 바라는 걸 말할 거라 생각하고 있지? 진짜 여전하네. 보건교사면 오히려 상대가 바라는 걸 적극적으로 찾아 나서야 하는 거 아냐?"

이 마당에 이르자 뭔가 기대하고 있던 자신에 대한 어리석음, 그리고 자기에게 불리한 일은 모르는 척하고 주절주절 떠들어대는 미하루에게 왠지 열이 받았습니다.

스스로도 놀랄 만큼 온화한 목소리를 저는 내고 있었습니다.

"자신이 하고 싶은 말은 못하고, 말할 기회도 얻지 못한 채 애써 미소 지으면서 그 자리에 있으려는 그런 사람은 많아. 난 그런 사람의 심정을 이해해. 그래서 보건 선생을 해내고 있고. 미하루는 그런 사람의 심정을 모르니까 편집자를 관둔

거 아냐?"

말은 거침없이 나왔지만, 주먹이 살짝 부들거렸습니다. 그걸 억제하면서 미소 짓는 얼굴로 미하루를 바라보았습니다.

미하루는 허를 찔려 입이 떡 벌어진다든가, 갑자기 반격한 저에게 얼굴이 시뻘게진다든가 그런 모습은 보이지 않았습니다. 그 눈꼬리를 어처구니가 없다는 듯 일그러뜨릴 뿐이었죠.

"알지도 못하는 주제에 편집자가 이렇다는 둥 저렇다는 둥 말하지 말아줄래? 뭐, 관둔 이유에 대해선 묻지 말라는 분위기를 풍긴 이쪽도 잘못이긴 하지만."

그 반응에 제 쪽이 주춤하게 되었습니다.

"아, 아니, 아니 아니, 그거라면 그쪽도 알지도 못하는 주제에 보건교사가 어떻다는 둥 말하지 말아줘."

"그야 사야카가 눈곱만큼도 안 변했으니까."

"미하루, 네가 더 하나도 안 변했거든? 자기가 안 변했으니 비꼬아서 남한테 여전하다 안 변했다고 하는 거잖아. 고등학교 시절부터 깔보는 시선으로 다 안다는 양 말하고 남이 좋아하는 작품은 무시하고 자기가 좋아하는 것만 이야기하고."

"거봐, 그런 거네. '야기누마 가나타는 좀 안 맞는 것 같아'라고 조심스럽게 말해서 그래서 이쪽이 야기누마 가나타를 나쁘게 말하기를 기다리잖아. 어디가 어떻게 안 맞는지 어떻게 싫은지 스스로 똑 부러지게 말하면 되는데. 좋아하는 책 이야기도 하면 되고."

"그렇게 못 하게 만드는 분위기를 네가 조성하고 있었잖아!"

"남 탓으로 돌리지 말아줄래? 애초에 그때는 아무 말도 안 했던 주제에 당시에는 그랬었다 하고 나중에 폭발하면 나도 난감하거든?"

고등학교 시절부터 쌓인 울분을 한껏 터뜨리자 상대가 자신의 잘못을 인정하고 사죄한다. 혹은 이쪽의 험악한 분위기에 눌려 찍소리도 못하게 된 상대에게 콧방귀를 뀌고 사라진다. 그런 느낌의 전개를 마음 한구석으로 그리고 있었습니다만.

어째서 마음속으로 그리던 대로는 전혀 이루어지지 않을까요.

어째서 미하루는 제 심정을 이해하려고조차 하지 않을까요.

"너 진짜 뭐야. 야기누마 작품에 흔히 나오는, 아무리 생각해도 비아냥대기만 하는 주제에 주인공이 역경을 맞이했을 때 따끔하면서도 다정한 말 한 번 내뱉고는 '이 사람, 그저 얄미운 사람은 아니었구나……' 싶은 캐릭터로 허세라도 부리겠단 거야?! 그 장면 말고는 그냥 쭉 얄미운 녀석이었던 주제에! 아니, 지금도 따끔하고 다정한 대사가 아니라 요점에서 벗어나 있거든?"

"무슨 뚱딴지같은 소릴 하는 거야? 아니, 그 말은 뭐야? 사야카도 야기누마 팬이 된 게 아니었어?"

"될 리가 없잖아. 그런 작가가 쓴 작품을 보고!"

—지나치게 경솔한 발언이었습니다. 얼마 지나지 않아 사인회가 개최될 회장 근처에 있는 찻집, 설레는 마음으로 너무 일찍 도착해버린 팬이 시간을 때우려 사용할 만한 장소로서는 최적이었습니다. 우리 옆자리 손님도 야기누마 가나타 팬이었을지도 모르죠.

그리고 뒷자리 사람도 말이죠.

"선생님……?"

덜커덩 큰 소리를 내고 뒤에 있던 의자에서 사람이 일어났습니다. 힘을 너무 실었는지 제 의자에, 끌어당긴 의자 등받이가 부딪쳤습니다. 부딪친 충격으로 저는 뒤를 돌아보았습니다.

그곳에는 중간 길이의 까만 머리에 상상했던 것보다 차분한 느낌의 사복 차림을 한 미코시바 학생의 모습이 있었습니다.

그녀의 모습을 확인하고 잠시 경직된 후 제가 어떻게 했냐면 말이죠.

네, 최악의 행동을 했습니다. 뭐라 하는지 알 수도 없는 소리를 지르고 나서 찻집에서 달려 나와 집으로 돌아갔습니다. 그 자리에서 변명했다면 아직 어물쩍 넘길 수 있었을지도 모르는데 말이죠. 머리가 새하얘진다는 건 실제로 존재하더군요. 도망치는 것밖에 생각이 나지 않았습니다.

저 때문에 사인회 입장권을 얻지 못했던 팬분, 결국엔 참가조차 못 하고 면목 없습니다. 그리고…… 커피값을 내지 않고 도망친 것만큼은 미하루, 미안해.

아니. 아니. 그런 사실보다도.

전철을 탄 시점에서 정신을 되찾아 미코시바 학생에게 다급히 수습하는 문자를 보냈지만, 지독한 필력 때문인지, 아니면 찻집에서 한 발언이 모든 것을 밝히고 있어서인지 그녀로부터 답장은 오지 않았습니다.

이러고 저러는 사이에 짧은 겨울방학이 끝나고 봄방학 전학기가 시작되었습니다. 방학이 끝나고서 맞이한 첫 번째 금요일이 온 것입니다.

신이시여, 아니 오히려 제 목표였던 선생님.

이 사태를, 어쩌면 좋을까요……?

○ ×

그날 아침부터 저는 이제껏 이상으로, 금요일을 맞이한 보건실에 가기 싫었습니다.

아마도 그녀가 오지 않을 방과 후. 오지 않게 되면 우선은 한 가지 무거운 짐에서 해방됩니다. 그렇게 생각하던 시기도 있었지만, 이 마음은 전보다 훨씬 무거웠습니다.

친구와의 관계로 이미 상처받은 그녀의 마음에 '실은 야기누마 가나타가 싫다'는 제 배신이 또다시 그녀의 뒤통수를 쳤습니다. 그런 사실이 똑똑히 드러나는 오늘.

1교시 때부터 6교시까지 장이 꼬이는 듯한 심정으로 보내고 청소 시간이 끝났을 무렵이었습니다. 위가 너무 콕콕 쑤셔서 학생이 없다는 사실을 핑계 삼아 저는 교직원용 화장실로 갔습니다. 벽에 뚫린 구멍을 힐끗 보고 나서 안쪽 창가로 갔습니다.

……저는 미하루가 말한 대로 보건교사에 맞지 않을지도 모릅니다.

얄미울 정도로 푸른 하늘을 올려다보면서 숨을 쉬었습니다. 희미하게 하얘진 입김은 바로 안개가 되어 사라졌습니다.

설 동안에 인터넷에서 '보건교사의 마음가짐' 같은 사이트를 다시 봤습니다. 거기에는 '친근하게 대하면서도 어느 정도의 냉정함이 필요하다'든가 '사무 작업이 산더미처럼 쌓여 있어도 바쁜 티를 내지 않을 것. 늘 여유를 가지고 학생을 대할 것' 등이 쓰여 있었습니다.

저는 결국 자신의 내면에 자리한 고등학교 시절의 이런저런 사정에 얽매여 미코시바 학생 앞에서 여유를 잃었습니다. 앞으로 그녀를 닮은 학생이 나타난다면 같은 행동을 반복할 것만 같았습니다.

그런 사람이 약한 입장에 놓여 있는 사람을 도울 수 있을 리가 없습니다.

재차 자신의 인생에 대해 생각하고 친구들처럼 이직도 눈에 들어오기 시작하던 차에 입구가 힘차게 열렸습니다. 제 어깨가 한껏 흠칫거렸습니다. 들어온 사람은 다른 여성 교직원이 아니었습니다.

"선생님……."

"지하루?!"

어, 왜 교직원용 화장실에 미코시바 학생이?! 하고 놀라서 부산을 떨었습니다. 그리고 힐끗 옆을 본 그녀 또한 구멍이 뚫린 벽을 보고 비명을 살짝 질렀습니다.

"헉, 이거, 선생님이 그러셨어요?!"

"아니야! 예전부터 있었어!"

미코시바 학생은 "아아, 하긴, 선생님이 그러실 리가 없죠……"라고 어느 정도 차분한 목소리로 말했습니다. 한편 저는 벌렁거리는 심장이 좀처럼 원상태로 돌아가지 않았습니다.

그녀는 천천히 그런 이쪽으로 다가왔습니다. 보건실에 보이지 않아 달리 있을 장소라고 하면 이곳이라고 생각했을까요? 명확하게 목표를 향해 가는, 확고한 발걸음이었습니다.

"전부 들었어요."

"응?"

"미하루 씨한테서요."

"뭐어?"

어째서 미코시바 학생의 입에서 그 이름이 나온 걸까요. 먼젓번 찻집에서 제가 탈주한 후에 미하루와 말을 주고받았다는 미코시바 학생. 더구나 야기누마 가나타를 좋아한다는 사실에 쿵짝이 맞아 라인까지 교환했다고 합니다. 겨울방학 동안에 몇 번이나 대화를 주고받았다고 하네요. 어쩜 이렇게 대담한 의사소통 능력이 다 있단 말인가요. 고등학교 시절의 저한테는 없었던 그 능력을 그녀가 가지고 있다는 사실에 살짝 눈부시기까지 했습니다.

하지만 눈을 가늘게 뜨고 있을 상황도 아니었습니다. 고등학교 시절의 저에 대해서 죄다 정보가 넘어간 상태인지 그녀는 팔짱을 끼고 이쪽을 노려보았습니다.

"왜 저한테 야기누마 팬이라고 거짓말했어요?"

침을 삼키고 그녀를 바라보았습니다. 미코시바 학생은 눈썹을 치켜세우고 시선을 누그러뜨리지 않았습니다.

적어도 솔직히 제 심정을 이야기하는 게 그녀에 대한 성의일까요.

저는 더듬어가며 미하루가 한 말만으로는 알 수 없었을 터인 고등학교 시절의 울분, 그리고 미코시바 학생과 만났을 때의 느낌, 그 후 그녀와 접할 때 어떤 감정이었는지를 말했습니다.

누구에게도 '취향'을 인정받을 수 없어서 비참했던 나. 적어도 자신과 같은 너한테는 '취향'을 인정받은 안도감을 주고 싶었다고 말이죠.

"아뇨, 선생님이랑 제가 같다고 하시면 곤란한데요."

이야기가 끝나고 고개를 숙이고 있던 저는 어처구니없어하는 그 목소리에 바로 고개를 들게 되었습니다.

어깨를 흠칫 떨게 되었습니다. 미코시바 학생은 노골적으로 분노를 숨기지 않는 표정을 짓고 있었습니다. 그 표정에 걸맞은, 내뱉는 듯한 말투로 쏘아댔습니다.

"그룹 안에서 아래로 취급받고 있는데 가만히 고개만 끄덕이는 거 말도 안 되지 않아요? 왜 그런 녀석들이랑 절교 안 해요?"

"그게 말이야, 그런데 너도."

"저는 엄청 반박하거든요? 저는 '아래'도 아니고요!"

그녀의 너무나도 힘찬 어조에 저는 정말 놀라서 눈이 휘둥 그레진 상태가 되었습니다.

아니, 그야, 모두에게 '취향'을 인정받지 못해서 공감을 구하러 저한테 와 있던 게 아니었던가요? 그룹 내에서 괴롭힘을 당하는, 약한 입장에 놓여 있어서—.

"선생님은 인정하고 있었는데 완전 실망이에요! 절 끝까지 선생님 같은 사람이랑 동급으로 취급하지 마세요!"

섬뜩하리만치 분노를 드러내고서 태풍처럼 그녀는 교직원 화장실에서 나가버렸습니다.

남겨진 저는 계속해서 한없이 "뭐? 뭐라고?"라면서 영문을 알 수 없었지만 말이죠.

더구나 영문을 알 수 없었던 것은 그다음 주 금요일, 그녀가 지금까지처럼 보건실로 찾아온 것이었습니다.

"저기 선생님이 최근에 '괜찮네' 싶었던 소설가는 누구예요?"

그리고 예전과 다름없는 모습으로 침대에서 뒹굴대면서 이야기했습니다. 저는 종잡을 수 없는 기분으로 질문에 답했습니다. 그러자 미코시바 학생은 우쭐대듯이 "핫" 하는 소리를 냈습니다.

"유유도 좋아한다고 했어요……. 작품 하나만 읽어본 적 있는

데 그게 좋은 거네요? 그렇구나, 선생님도 그런 느낌이었군요."

여전히 같은 표정으로 그녀는 "그렇구나, 그래"라고 연발해서 말한 후 또 예전과 마찬가지로 "유유는 말이죠, 눈곱만큼도 안 변했어요"라고 불평을 토로하기 시작했습니다. 저에게 눈동자를 고정시킨 채 말이죠. 그러고서 "아, 진짜 다음 주엔 학교에 오기 싫네!"라고 과장되게 어깨를 으쓱대면서 큰 소리로 외쳤습니다.

이쪽은 한껏 곤란한 표정으로 미코시바 학생을 바라보고 있었지만, 그녀는 그 진의를 설명해주지 않습니다.

그런 일이 다음 주도, 그다음 주도 반복되었습니다.

그녀는 여전히 유유 학생에 대한 불평을 퍼부어댔습니다. "취향이 구려요." "아무것도 몰라요." 몇 번이나 몇 번이나 이쪽을 바라보면서 그런 말을 했습니다.

마치 저한테 "취향이 구려요" "아무것도 몰라요"라고 하는 것처럼 말이죠.

역시 등을 지고 흘려들을 수 없어서 의자에 앉으면서 그녀를 보며 그 말들을 하루하루 곱씹어갔습니다. 곱씹는 과정에서 그녀가 그때까지 취했던 언동에 대해서 돌이켜보았습니다.

그러던 와중에 마침내 저는 깨달았습니다.

"야기누마 가나타를 싫어하면서 그런 작가를 좋아하는 경우도 있군요."

그녀는 분명 '취향'을 공유하고 싶어 합니다. 하지만 그건 아련한 염원이 아니라 '자신의 「취향」을 인정하지 못하는 사람은 용납하지 못한다'고 하는 한없이 오만하고 고집스러운 것이었습니다.

그녀는 유유 학생을 비롯한 친구들에게 부정당했고, 그럼에도 모두 앞에서 야기누마 가나타를 칭찬하기를 관두지 않았습니다.

야기누마 가나타의 대단함을 모두에게 강요하고 언젠가 굴복시키겠다는 거죠. 그런 야심을 불태우고 있었던 모양입니다.

"미하루 씨는 제대로 알고 있던데요? 역시 이런 건 감각에 달린 문제인가 보네요."

저라는 사람은 지금까지 자신과 같은 사람이라고 인정하고 있었나 봅니다. 상처를 치유받기 위해서가 아니라 그저 동지로서 대화를 나누고 있었던 셈인 거죠. 하지만 제가 그녀와 동일한 작가를 좋아하지 않고, 더구나 그녀 같은 야심을 가지고 있지 않은 사람이라는 사실을 알고서 단숨에 적으로 간주한 겁니다. '지금까지 날 속이고 멍청이 취급했던 거죠? 그건 절대로 용서 못 해요'라고 생각해 틈만 나면 저를 꺾으려고 하고 있습니다.

아, 어쩜 저렇게 고집 센 아이가 다 있을까.

애초에 제 모습을 겹쳐 본 것이 잘못이었습니다. 자신과 겹쳐 보고 결국 저는 저만 생각했습니다.

"학교에는 제대로 읽어내는 사람이 없는걸요. 아아, 다음 주에 학교에 올 생각하니 우울하네!"

쓸데없는 필터를 거치지 않고 또렷이 보면 그녀가 말하는 '오고 싶지 않다'는 예전의 저와 달리 단순한 입버릇이라는 사실을 알 수 있었습니다. 사실 그녀는 학교에 와서 모두를 완전히 때려눕힐 순간을 은근히 기다리고 있었습니다.

타인에게 공감받지 못하더라도 그 의지가 꺾일 일은 없습니다.

이게 어디가 약한 입장에 놓인 사람일까요.

"그 책을 읽고 못 울다니 살면서 큰 손해를 보는 거죠."

그리고 자신의 '취향'을 관철하려는 그녀의 모습에 저도 뼈저리게 깨달았습니다. 불쾌하더라도 미하루가 말한 대로이긴 하지만……. 저는 속으로 울분이 맺힌 채 그걸 언젠가 미하루를 비롯한 친구들이 불식시켜주기를 기대하고 있었습니다.

저도 '취향'을 드러내고 싶고, '대등'한 대우를 받고 싶었습니다. 그렇다면 단순한 바람일 텐데 언제부터인가 저와 '동일해지기'를 상대에게 바라고 있었습니다.

미코시바 학생에게도 보건실에서 만나던 중 언제부터인가 '야기누마 가나타를 싫어해주지 않을지' 바라고 있었습니다.

하지만 그것은 근본적으로 무리였습니다.

미코시바 학생은 이렇게나 저와 다릅니다.

미코시바 학생을 저는 이해하지 못하고 공감하지 못합니다.

"……그 정도 수준의 책이 인생에 손해를 끼치거나 이익을 줄 가능성은 한없이 낮다고 봐."

조용히 읊조리자 미코시바 학생은 순간 그 눈을 번뜩였습니다. 반박한다면 더 심하게 상처 입혀주겠다는 사나운 번뜩임으로 보였습니다.

그렇게 그녀의 심정을 추리할 수 있어도 이해할 수 없습니다. 아무리 읽어도 야기누마 가나타의 소설을 좋아할 수 없는 것처럼요.

그것을 억지로 바꾸려고 하는 것은 분명 타당하지 않겠지요.

"그럼 선생님이 '이걸 읽지 않는 사람은 살면서 큰 손해를 보는 거야!' 싶은 작품, 빌려줘요. 절대로 손해 보지 않을 거라고 논파해줄 테니까요."

"논파라니 그런 걸 해봤자 뭐 해? 취향은 각자 다른 법이잖아."

"각자 다른 법이라고 하면서 야기누마 가나타를 싫어하다니, 인간으로서 이상해요!"

—미코시바 학생도 이쪽의 '불호'를 이해하지 못하니까 뭐 비긴 거네요.

단 한 가지, 저와 그녀가 같은 것은 상대가 자신과 '동일'해질 수 있다, 오히려 그렇게 돼야 한다고 착각한다는 사실. 곰곰이 돌이켜보면 유유 학생을 비롯한 친구들에게 강제로 야기누마를 포교하며 꽤 폭언을 뱉고 있을 것으로 보이는 그녀. 그에 대해서는 보건교사로서 가르치고 논하고 싶은 바입니다.

어떻게 하면 그녀에게 전해질까요.

그녀를 분명 별개의 사람으로 보았을 때 제가 해줄 수 있는 말은 무엇일까요.

미코시바 학생의 요란한 목소리가 고요해야 할 보건실에 울려 퍼집니다. 그 말을 정면으로 받아들이면서 저는 어떻게 해야 할지 고개를 갸웃거려봅니다.

그녀도 이제 곧 3학년이고 입시 시즌이 본격화되기 전에 아주 조금이라도 변화가 일어나면 좋겠다 싶지만.

그렇게 되면 미하루에게 커피값을 내밀면서 가슴을 펴고 "나, 보건교사가 마냥 안 어울리는 것도 아닌 듯해"라고 보고하는 것도 가능할지도 모르겠네요.

그렇다면 다음 주 금요일 보건실에서는 어떻게 해야 할까요.

핑퐁 트리 스펀지

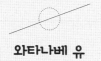

와타나베 유

와타나베 유 渡辺優

1987년 미야기현에서 출생했다. 2015년 《라메르노에리키사》로 제28회 소설스바루 신인상을 수상하며 데뷔했다. 다른 저서로는 《자유로운 상어와 인간들의 꿈》, 《지하에서 꿈틀대는 별》이 있다.

비가 내리면 일기예보가 나온다.

침대 위에서 팔을 뻗어 블라인드를 걷어내자 옅은 잿빛의 먹구름이 낀 하늘이 보였다. 하루 종일 집에 틀어박혀 보드게임을 하기에 적합한 하늘이다. 하지만 이런 날이, 하필이면 나흘 만에 돌아온 출근일이다. 얼굴을 맞대고 떠들썩하게 진행하는 회의를 선호하는 사장 때문에 우리 회사는 한 주에 이틀이나 출근일이 정해져 있다. 월요일과 수요일. 나도 모든 게 온라인으로 충분할 거라 생각할 만큼 가상현실 신봉자는 아니지만 그래도 지나치게 많지 않나 싶다. 한 주에 두 번이라니. 일주일은 7일밖에 없는데.

띠링, 하고 귀에 익은 소리가 울렸다. 부엌 쪽에서 나는 소리다. 내 로봇의 알람 소리.

몸을 일으켜 마지못해 침대에서 나왔다. 중문을 열자 역시 그곳에는 가느다란 몸통에 구체 여러 개가 과일처럼 열린, 핑 퐁 트리 스펀지 형태의 내 로봇이 있었다. 심해생물의 모습을 본뜬 그 구체 중 하나에 알람이 켜져 있었다.

"오늘은 출근일입니다."

나는 공중에 뜬 디스플레이를 터치해서 알람을 껐다. 일일 이 시선으로 정보를 확인하는 건 번거롭지만, 로봇이 음성으로 말을 거는 건 아무래도 달갑지 않다.

건조기 안에서 대충 고른 긴팔 셔츠와 청바지를 꺼내 입었다. 달걀과 베이컨으로 진짜 베이컨에그를 만들어 먹었다. 세수를 하고 이를 닦고 헝클어진 머리를 다듬었다.

나갈 준비를 해나가는 사이에 기분이 내키기 시작했다. 나흘 만에 모두를 만난다. 나는 게임 아바타 모션을 만드는 일을 하고 있다. 어제 갓 완성된 상당히 근사한 앞차기 모션을 사장에게 칭찬받을 수 있겠다고 생각하자 기대가 되었다. VR 상으로도 딱히 상관은 없지만, 실제로 칭찬을 받으면 내가 칭찬받고 있는 모습을 모두가 보고 있다는 분위기를 직접 느낄수 있어서 기분이 좋다. 살아 있다는 기분이 든다.

방 전체를 슬립 모드로 바꿔놓자 준비는 다 되었다. "나갈

게" 하고 로봇에게 말을 걸었다. 나는 로봇 신봉자는 아니지만 로봇 안티도 아니다. 전철 갈아타기나 요금 지불이나 여러 가지 과정을 로봇에게 맡기고 있다. 이게 없으면 뭘 어떻게 할 수가 없다.

띠링 띠링 띠리링, 하고 귀에 익숙하지 않은 소리가 울렸다.

이미 현관에서 신발을 신고 있던 나는 의아해하면서 돌아보았다. 부엌의 여느 때의 위치, 부르면 당장에 구불대며 걸어올 터인 핑퐁 트리 스펀지 형태의 로봇이 딱 정지된 채로 있었다. 디스플레이가 공중에 떠 있다. 에러를 알리는 오렌지색으로.

신발을 벗고 부엌으로 돌아갔다. 디스플레이를 들여다보았다. 표시되어 있던 에러는 심플한 한마디였다.

"가고 싶지 않습니다."

"자네, 그런 거짓말 하면 친구들도 안 놀아줘."

지각하게 됐다는 연락을 한 나한테 사장은 내심 어처구니가 없다는 소리로 말했다.

"거짓말이 아니라고요. 진짜 로봇이 가기 싫대요."

"로봇이 그런 소릴 할 리가 없잖아. 자네가 오기 싫은 거겠지."

"맙소사. 저는 엄청 가고 싶은 마음이거든요? 지금 바로 증거 보내드릴게요. 스크린 캡처 보내드릴 테니, 잠시만요."

나는 반쯤 열받아서 전화를 끊었다. 통화에도 사용하던 로봇에 에러 화면 스크린 캡처를 사장에게 보내도록 지시했다. 로봇은 '보내고 싶지 않습니다'라고는 하지 않고 띠링, 하는 수락음과 더불어 바로 송신을 끝냈다. 구체 중 하나가 연한 파란색으로 빛났다.

사장은 아마 사진을 조작했다고 의심해서 여러 가지 데이터를 건드릴 테니 답이 오려면 시간이 걸릴 것이다. 어찌 됐거나 지각이니 나는 홍차를 우리기로 했다. 뜨거운 물을 끓이도록 로봇에게 지시하자 띠링, 했다. 무척이나 순순히. 평소대로. 치명적인 고장이 난 건 아닌 듯 보였다.

"가고 싶지 않습니다."

에러를 표시한 구체를 바라보면서 살짝 웃어버렸다. 그 말이 뭐랄까, 공감이 갔다. 가고 싶지 않다는 감정은 나한테 있어서 무척이나 친숙한 것이다. 옛날부터 나는 좌우지간 학교에 가기 싫어하는 아이였다.

물이 끓는 타이밍에 사장에게 전화가 걸려왔다. 티백이 담긴 잔에 물을 부은 후 뚜껑을 덮고 나서 받았다.

"진짜더군."

"그렇다고 했잖아요."

"로봇이 왜 가고 싶지 않다고 한 거지? 로봇이 하기 싫다든가 그런 소릴 꺼내면 안 되잖아."

"그렇죠. 난감하네요."

"그럼 우선 그 로봇한테는 집을 보라고 하고 회사에 와."

"휴……. 로봇 없이 외출 못해요. 회사 위치도 모르고요."

"거짓말 좀 작작해. 자네 우리 회사를 몇 년 동안이나 다녔잖아."

"잠깐 한 번 더 지시해볼게요."

나는 통화를 멈추고 로봇이 대기 상태가 되기를 기다렸다가 "나갈게"라고 말을 걸었다. 띠링 띠링 띠리링.

"가고 싶지 않습니다."

은은하게 다 우려진 홍차를 손에 들고 소파에 앉아 사장에게 다시 통화를 연결했다.

"역시 가기 싫대요."

"재미있는 녀석인데? 잠시 직접 보고 싶군. 데리러 가겠네."

사장이 직접 데리러 온다. 나는 촉망받는 사원이다.

"자네 로봇은 좀 징그러운 것 같아."

부엌에 우두커니 자리한 핑퐁 트리 스펀지를 보고 사장이 말했다.

"요즘 로봇들은 대개 징그럽지 않나요?"

"하긴. 아니 아무리 그래도 뭐야? 이 뭐랄까, 불안해 보이는 형태. 엄청 물컹해 보이잖아. 그러니 고장이 날 만하지."

신제품 로봇이 귀엽다고 사서 바꾸자니 죄책감이 들었고 망가졌을 때는 손실이 너무 커서 버겁고, 로봇을 도구로 취급하는 건 너무한다는 감각이 퍼져나가는 것을 문제시하여 개인용 로봇 회사는 우선 강아지나 고양이 형태의 로봇 제조를 중단했다. 그다음에 사람 형태의 로봇 제작을 멈추었고 바로 최근에는 로봇 형태의 로봇 제작도 중단했다. 로봇 형태의 로봇은 귀엽다는 감각이 이미 사람들에게 뿌리박혀 있었다. 단순한 상자라든가 원기둥이라고 해도 그게 로봇으로서 애써 일하고 있다고 생각하면 아무래도 귀여워진다. 나는 싫어서 꺼놓고 있지만, 보통은 음성 대화 기능이 탑재돼 있어서 더 그렇다.

그쯤에 심해생물 시리즈가 나왔다. 사람의 일상에서 상당히 먼 세계에 있는 생명체인 심해생물이라면 턱 끝으로 지시해도, 만신창이가 될 때까지 혹사시켜도 아무렇지도 않겠지 하는, 해양생물을 사랑하는 사람들이라면 꽤 열받을 만한 콘셉트였다.

"진짜 이 녀석이 가고 싶지 않다고 한다는 거야? 이 녀석한테는 분명 감정이 없잖아."

"아니, 로봇은 전부 다 감정이 없어요. 사장님 로봇도요."

"알아."

사장은 팔에 끼고 온, 비주얼이 완전히 사각형 상자로밖에 보이지 않는 로봇 머리를 쓰다듬었다. 사장의 마이 로봇. 이미 상당히 오래된 타입으로 요전번에 결국 이동 롤러가 망가지고 말았다고 하소연했었다. 그래서 끌어안은 채 가지고 다니고 있다. 로봇 회사의 수리 서비스는 종료되었기에 아무래도 고치고 싶으면 엄청난 돈을 지불해야 하는 사설 서비스 센터에 맡기는 수밖에 없다고 했다.

나는 사장 앞에서 다시 핑퐁 트리 스펀지에다 대고 "나갈게"라고 말했다. 결과는 조금 전과 달라지지 않았다.

"가고 싶지 않습니다."

사장은 "진짜네" 하고 한바탕 기뻐한 후 자신의 로봇에다 대고 "넌 저런 말 한 적 없지?"라며 들어 올렸다. 그리고 "이건 로봇 회사에 보여주는 편이 나을 것 같아"라고 평가했다.

"역시 고장 난 걸까요?"

"아니, 그건 모르지. 그래도 고장 났다고 해도 '에러로 인해 지시를 실행할 수 없습니다' 정도로만 나오잖아, 보통은. 이 표시는 뭐지? 로봇 회사에서도 놀라 자빠질지도 모르겠군."

"그래도 회사에 가는 것 말고 다른 지시라면 무난하게 실행해요."

"그 소린 우리 회사가 나쁘다는 건가."

"글쎄요."

사장은 하아아, 하고 하품을 하면서 마음대로 방 중앙에 있던 비즈 쿠션에 파묻히다시피 앉더니 "분명 우리 회사의 누군가를 싫어하는 거야. 누굴까?" 하고 말을 꺼냈다.

"고바야시가 아닐까요?"

"자네 진짜로 이름을 대면 어쩌자는 건가. 사람이 모났어."

"스기다라든가요."

"관둬, 관두라니까."

그때 부엌에 있던 로봇에서 띠링 띠링, 소리가 났다. 순간 내가 입에 올린 동료 이름에 반응한 건가 싶었지만 물이 끓었다는 알람이었다. 일단 사장에게도 차라도 내주려고 했던 것이다. 나는 로봇 곁으로 향했다.

"누구 누구가 어떻다든가, 어디 어디가 싫어서 가기 싫다든가 하는 건, 감정이 있는 생물이기에 가지는 거잖아."

"아아…… 그러게요. 전 옛날부터 학교에 가기 싫어하는 애였어요."

"아, 나도, 나도야. 정말 가기 싫었어."

"헉, 진짜요?"

나는 녹차 캔에 뻗고 있던 손을 멈추고 돌아보았다. 의외였다. 사장은 학교를 정말 좋아하는 타입이라고 생각했다.

"응. 그게 말이야, 초등학교 5학년 때, 날 정말 싫어하는 선생이 있었거든. 나한테만 엄청 엄격해서 진짜 짜증 나는 선생이었어. 열받고 상처받잖아. 매일 아침마다 우울했어."

"정말 가여웠네요."

"그렇지? 진짜 스트레스 쌓여서 밤에 확 습격이라도 할까 하는 생각에 시달렸거든. 그런데 6학년 때 새로 생긴 친구들이 다들 그 선생을 싫어해서 매일 다 같이 욕이라도 했더니 아무래도 상관없어졌어. 아, 이거 꽤 괜찮은 이야기이지 않아? 녀석들 건강하려나."

사장은 자신의 로봇의 사각형 윗면에 고개를 얹고 허공을 바라보았다. 나는 캔을 들고 땄다. 찻잎에서 산뜻한 초록의 내음이 났다.

"그래서 자넨?"

"네?"

"왜 학교가 싫었어?"

"흐음."

나는 몇 초 생각한 후 "이유는 딱히 없었는데요"라고 솔직하게 털어놓았다.

"그냥 가기 싫을 때가 있잖아요. 별달리 뭐가 싫다든가, 몸 상태가 안 좋다든가, 그런 게 아니라. 기분이 내키지 않는 거요. 저는 기분이 내키는 데 시간이 좀 걸리는 타입이거든요."

"아, 그렇군. 역시 자네 가끔 출근일에 안 오는 것도 꾀병이었구먼."

아차, 싶으면서도 나는 "그건 아니지만요"라고 읊조렸다.

로봇 회사에 들르고 나서 회사에 가기로 했다.

에러가 뜬 이유를 모른 채 데리고 다니는 건 불안해서 핑퐁 트리 스펀지를 가능한 한 작게 접어 수레에 실었다. 사장이 끌어안은 로봇의 내비게이션을 따라 전철을 탔다. 둘이서 필사적으로 로봇을 옮기는 게 왠지 〈덤 앤 더머〉 같다는 느낌이 들었다.

로봇의 지시로 전철에서 내리자 유리로 뒤덮인 역사 건너편에 바다가 보였다. 비가 온다는 일기예보를 비웃듯이 어느새 하늘은 개어 있었다. 로봇 회사는 역 출구에서 바로 이어져 있다고 할까, 역 자체가 로봇 회사의 소유물 같았다. 파란색 에스컬레이터를 타고 성큼성큼 내려갔다. 도중에 사장의 로봇이 "목적지에 도착했습니다"라고 말했다. 조금 멍청한 말투로 들렸다.

내려선 로봇 회사 입구 로비는 상당히 넓었고 유리로 뒤덮인 천장에서는 자연 태양광이 쏟아져 내리고 있었다. 안쪽 유리 건너편에서는 밝은 파란색이 반짝반짝 빛났다. 아무래도 회사 전체가 바다 위로 튀어나와 있는 것 같았다.

"어서 오십시오."

선명한 마린블루색 직원복을 입은 사람이 우리에게 다가와 가볍게 인사했다. 살짝 로봇 같은 얼굴을 한 사람이었다. 그런 메이크업을 했을지도 모른다.

"예약하신 고객님이신가요?"

"아, 아니요. 예약은 안 했습니다."

"무슨 용건으로 오셨습니까?"

"저기, 제 로봇이 조금 이상한 에러를 냈는데 원인을 알 수 없어서요."

"알겠습니다. 차례대로 부르고 있으니 이쪽 로비에서 기다려주십시오."

직원이 수레에서 들여다보이는 핑퐁 트리 스펀지를 힐끗 본 후에 우아한 발걸음으로 사라졌다.

"고급 호텔 같네."

사장이 말했다. 나는 고급 호텔에 가본 적이 없어서 모르지만 사장이 그렇다면 그런 거겠지. 이렇게 큰 로봇 회사에 오는 것도 처음이라서 조금 두근거렸다.

기껏 왔으니 창가 소파에서 기다리기로 했다. 밖에서 반짝반짝 빛나는 것은 역시 바다였다. 제일 근사한 소파에 앉자 키가 자그마한 원기둥형 로봇이 상판에 차를 싣고 가지고 왔다. "편히 드십시오"라고 말했다.

"생각을 좀 해봤는데."

받아 든 차를 바라보면서 사장이 말했다.

"네."

"가고 싶지 않다니 왠지 고도의 감각인 것 같아."

"글쎄요, 그런가요?"

나는 보라색 차를 골라서 들었다. 한 모금 마시고 나서 오늘은 차만 실컷 마시고 있다는 사실을 깨달았다.

"가봤던 곳에서 일어난 일을 예측해서 거부한 거잖아. 과거 경험에서 학습해서 미래의 위험이라든가 공포감이라든가 불쾌감을 예지하고 있는 거야."

"딱히 별일 없는데도 기분이 내키지 않을 때는요?"

"그건 자네만이 하는, 아니 인간만이 하는 생각이지. 이건 로봇이니 에러에 이유가 있겠지. 로봇이 회사에 가기 싫은 이유를 생각해봤어. 저걸 봐봐."

사장은 건배하듯이 잔을 치켜들고 무언가를 가리켰다. 그 끝자락에는 1층과 2층 사이에 떠 있는 여러 개의 디스플레이가 있었다. 이득이 되는 캠페인 정보나 최신형 심해생물 시리즈 로봇 광고나 늦은 아침 뉴스 영상이 나오고 있었다. 그 가운데 하나, 화면이 바뀌지 않는 정지 상태의 디스플레이가 있었다. 로봇 회사의 기업 이념 슬로건. 그 옆에 또 하나가 있었다.

　'로봇공학 3원칙.'

　하얀 바탕에 지적인 느낌을 풍기는 회색 폰트로 표시되어 있는 것은 확실히 그것이었다. 아이작 아시모프 소설에 등장했던, 로봇에 부과된 세 가시인가 네 가지 원직 말이다.

　1. 로봇은 인간에게 위해를 가해서는 안 된다. 또한 그 위험을 간과하여 인간에게 위험을 끼치게 해서는 안 된다.

　2. 로봇은 인간이 내리는 명령에 복종해야 한다. 다만, 주어진 명령이 제1조에 반하는 경우에는 그 범위에 들지 않는다.

　3. 로봇은 전술한 제1조 및 제2조에 반할 염려가 없는 한 자신을 지켜야만 한다.

유명한 3원칙이다. 나도 어딘가에서 봐서 알고 있다. 세상의 로봇이 진정으로 전부 이 3원칙을 지키도록 만들어져 있는지는 알 수 없지만 말이다. 아니, 이미 사람을 살해할 용도인 로봇 같은 것도 평범하게 존재하지만, 이건 단순한 AI를 축적한 무기지 로봇이 아니라는 변명이 나와서 장황하게 느껴졌다. 하지만 이 로봇 회사는 우리 로봇은 모두 이 3원칙을 지키고 있다는 듯한 뉘앙스로 일부러 입구 로비에 이것을 게시하고 있는 듯하다. 내 핑퐁 트리 스펀지도 이 룰을 존중하여 지킨다고 어렴풋이 믿고 있다.

"로봇은 사람의 명령을 들어야 하는구나."

"그러게요."

"그런데 이 녀석은 명령을 거부했어. 그게 가능했다는 건 제일 우선시되는 3원칙의 1번을 지켰다는 거 아냐?"

"인명을 지키기 위해서요?"

"그렇지."

"회사에 가면 누군가 사람이 죽을지도 모른다고 판단했다는 건가요?"

"내 말이 그거야."

"그건 어떤 상황인가요?"

"자네 죽을 것 같진 않아? 죽을 만큼 피곤하다든가, 죽을 만큼 진짜 회사가 싫다든가."

"그렇진 않은데요?"

"그렇군. 그럼 뭐지?"

흐음, 하고 사장은 고개를 갸웃거리며 생각에 잠겼다.

"아, 그래도 저 들어본 적 있어요."

"뭘?"

"최근에 나오는 로봇은 세 번째 순위가 앞으로 당겨져 있는 것도 있다고요."

"그렇군. 그런데 왜?"

"로봇을 사용해 로봇을 망가뜨리거나 로봇한테 자실시키는 걸 좋아하는 사람이 있잖아요. 그런 동영상을 올리기도 하고요."

"아, 그렇지."

사장은 눈썹꼬리를 내려서 서글프게 맞장구를 쳤다. 무릎 위로 끌어안은 로봇에 시선을 떨어뜨렸다.

로봇을 싫어하는 사람은 옛날부터 있었고 그중에는 과격하거나 오만하게 구는 것을 좋아하는 사람도 있다. 그런 사람들이 만드는 로봇 파괴 동영상도 옛날부터 있었다. 하지만 인간이 단단한 로봇을 열심히 애써 망가뜨리는 동영상은 잔혹하다기보다도 차라리 우스꽝스러운 느낌을 준다. 단단한 무기물을 쇠 파이프라든가 톱 같은 아날로그적인 도구로 필사적으로 망가뜨리며 상쾌하게 땀을 흘리고 있는 뚱뚱한 중년의 동영상이라든가, 사회의 어둠이 느껴지기는 하지만 굳이 따지자면 그 한 개인의 어둠의 비율이 더 높은 느낌이 들어서 로봇 회사도 딱히 신경 쓰지는 않았다.

하지만 최근에 로봇끼리 서로 죽이거나 로봇에게 자살을 시키는 동영상이 유행하고 있다. 로봇공학 3원칙을 존중하는 로봇이 인간의 명령에 반해 자신을 지킬 수 없어서 들리는 대로 자신을 만신창이로 때리거나 쓱쓱 깎아내며 망가뜨리는 모습은 견해에 따라서는 상당히 가엽고 잔혹한 느낌이 든다. 가엽고 잔혹하기에 유행하고 있겠지만.

"로봇에게 잔혹한 이미지를 심고 싶지 않으니 그런 행동을 하지 못하도록 3원칙의 세 번째를 두 번째로 바꾼 로봇도 있다고 어딘가에서 본 것 같아요."

"흐음. 그래서 이 심해생물 시리즈도 그런 건가?"

"아뇨, 모르겠어요. 그렇게 세세한 설정은 신경 안 쓰고 샀거든요."

"뭐 대개 그렇지. 그렇게 신경 쓰는 사람은 고바야시 정도일 거야."

고바야시는 로봇 마니아다.

"그런데 만약 이 녀석이 그렇다면 자신을 지키기 위해 자네 명령을 거부했을 가능성도 있다는 거군."

"글쎄요, 그런데 회사에 가면 자신이 위험하다고 로봇이 판단할 상황은 뭘까요?"

"혹시 회사가 위험하다든가?"

"네?"

"지금쯤 회사가 폭발했을지도."

"아, 그렇군요."

"그렇게 되면 이 녀석이 어떻게 그걸 예지할 수 있었냐는 이야기가 되는데."

"뭔가 로봇다운 대단한 계산 실력으로 미래를 도출해냈을지도요."

"그럼 굉장하겠지만, 도리어 너무 심하게 굉장하잖아. 반대로 이 녀석이 범인이라든가?"

범인이니까 모든 것을 알고 있다.

내 로봇이 누명을 쓰지 않도록 나는 회사의 무사를 기원했다. 아마 슬슬 모두 나와 사장의 땡땡이를 의심하기 시작했을 것이다.

창 건너편을 바라보자 조금 전보다도 햇살이 강해져서 반짝이는 해면이 또렷하게 보였다. 스노클링이 하고 싶다. 배를 타고 파란색 칵테일을 마시고 싶다.

"오래 기다리셨습니다."

어느새 조금 전의 직원이 곁에 있었다. 나는 사장을 로비에 남기고 로봇과 함께 안으로 들어갔다.

핑퐁 트리 스펀지는 회사에 맡기게 되었다. 저녁 무렵에는 검사가 끝난다고 해서 퇴근하고 가지러 오기로 했다. 왠지 모르게 어릴 적에 개를 동물병원에 맡겼을 때의 느낌이 떠올랐다.

로봇 회사는 친절하게도 최신형 대체 기기를 빌려주었다. 심해생물 시리즈에서 풍선장어 모델이었다. 배 부근까지 풍선처럼 부풀어 오른 장어 같은 느낌을 가진 비주얼이었다. 보통의 장어와 달리 얼굴도 찌그러져 부풀어 올라 있었고 입이 그 턱 부근까지 쭉 찢어지다시피 펼쳐져 있었다. 이건 확실히 과도하게 귀여워하는 것을 방지할 수 있을지도 모르지만, 데리고 다니기도 집에 두는 것도 조금 오싹했다. 이건 잘 안 팔리는 게 아닐까 싶었다. 분명 팔리지 않으니 빌려주는 것이라고 의심했다.

"루트를 기억하겠습니다."

그런데도 내 핑퐁 트리 스펀지와 같은 최신형인 만큼 풍선장어도 영리했다. 말을 거는 것은 거북하니 음성 대화 기능을 *끄겠다고* 하자 바로 문자 출력으로 전환되었다. 배 아래에 볼이 장착되어 있어서 미끄러지듯이 매끄럽게 이동했다. 높은 곳은 복잡한 동작으로 구불거리며 올라갔다.

"진짜 징그럽네."

"힘내서 올라오고 있으니 그런 소리 하지 마세요."

우리는 전철을 타고서 마침내 회사로 향하고 있었다. 세 시간 정도 지각했다. 이렇게 되면 가고 싶지 않다고 할까, 더 이상 가지 않아도 되는 것 아닌가 하는 기분이 들었다. 로봇 회사 역을 나가도 한참 창문에서 바다가 보였다. 파라세일이 하고 싶다고 생각하며 바라보았지만, 역을 두 정거장 정도 지났을 무렵에 급격하게 하늘이 어두워졌고 창문에 물방울이 부딪혔다.

"비가 오는군."

"아, 그러고 보니 일기예보에서 비였어요."

"나른하군. 왠지 나도 가고 싶지 않아졌어."

사장 명령으로 정해진 출근일인데 사장은 그런 소리를 꺼냈다. 심정은 이해하지만 말이다.

"다음 역에서 내립니다."

사장의 로봇이 말했다. 풍선장어가 띠링, 하고 울렸다.

"이제 곧 도착하는군. 어쩔 수 없겠네. 가볼까."

바깥으로 낯익은 빌딩 무리가 바짝 다가왔다. 전철이 높은 위치를 달리고 있어서 빌딩 3층인가 4층 정도 되는 시선 높이였다. 회사는 오피스가 한가운데에 있다. 역에서 바로지만, 지하로 연결되어 있지 않아서 고가도로 위를 지나야 한다. 우산 가지고 오는 걸 잊었는데 괜찮으려나, 하고 지상을 내려다보았다.

회사가 있는 빌딩 쪽, 빨간 사이렌이 보였다.

전철에서 내리자 평소와는 다른 시끌벅적한 소리에 휩싸였다. 오가는 사람이나 로봇 모두가 술렁대며 침착함을 잃고 있었다. 개찰구를 빠져나가자 그게 현저해졌다. 몇 사람이 통로 안쪽을 가리키고 있었다. 우리 회사가 있는 방향이었다.

"정말 폭발한 거 아냐?"

"큰일인데요."

농담 반, 하지만 절반 정도는 진담으로 그런 소리를 하면서 역사를 나갔다. 비는 촉촉하게 어깨를 적시는 정도였다.

에스컬레이터를 타고 올라가서 산책길을 꺾자 높은 건물이 있는 자그마한 광장이 나왔다. 우리 회사가 들어선 것을 포함해 몇 개의 큰 빌딩이 광장을 둘러싸듯이 우뚝 서 있었다. 중앙에는 야자나무가 세 그루 심겨 있었다. 출근하는 날에 날씨가 좋으면 가끔 그 근처에서 피크닉을 하기도 했다.

때마침 그 야자나무 부근에 사람들이 군중을 이루고 있었다. 무언가를 들여다보는 사람들의 발 사이에서 규제선을 치는 로봇이 반짝반짝 빛나는 게 보였다. 그 옆으로 흰 제복을 입은 경찰관이 서 있었다.

"무슨 일이야? 무슨 일?"

사장은 노골적으로 구경꾼 기세를 드러내며 다가갔다. 나도 그 뒤를 따라갔다. 풍선장어도 순순히 뒤를 따라왔다. 언뜻 그 모습에 시선을 보냈을 때 그곳에 무언가 작은 부품 같은 것이 떨어져 있다는 사실을 알아차렸다.

부품은 여기서기에 떨어서 있었나. 하지만 왠지 신경이 쓰여서 손을 뻗었다. 집어 들어보자 그건 반원형으로 깨진 눈이었다. 아크릴로 만들어진 로봇의 눈. 눈동자는 푸른 기가 도는 초록색이었다. 크기와 색을 보아 아마 유류형(乳類型) 로봇인 것으로 보였다. 오래된 형태의 로봇이 이곳에서 굴러떨어지기라도 한 건가.

그러자 주운 눈을 바라보는 나를 풍선장어가 고개를 들어 올려다보고 있었다. 핑퐁 트리 스펀지에게는 얼굴이나 머리에 해당하는 게 없어서 이런 동작은 신선하게 느껴졌다. 나는 다시 어릴 적에 기르던 개를 떠올렸다.

"어이."

돌아보자 사장이 있었다. 왠지 서글픈 얼굴을 하고 있었다. 사장은 규제선을 치는 로봇 주변을 가리키고 말했다.

"로봇이 잔뜩……."

로봇이 망가져서 잔뜩 쌓여 있었다.

로봇 형태 로봇의 무기질적인 바디 프레임. 사람형 로봇의 팔이나 다리. 사족보행 로봇의 가늘고 긴 다리. 무슨 로봇의 내용물인지 알 수 없는 크고 작은 기판. 금속 파편에 투명한 조각.

뿔뿔이 흩어진 로봇의 다양한 부품이 난잡하게 쌓여 1.5미터 정도 되는 나지막한 산을 이루고 있었다. 그 꼭대기에 소형견 형태 로봇의 자그마한 머리가 얹어져 있었다. 왼쪽이 푹 패어 있었고 눈알이 없었다. 남겨진 오른쪽 눈은 푸른 기가 도는 초록색이었다.

"저기."

나는 제일 한가로워 보이는 경찰에게 말을 걸었다.

"이거, 이 눈, 저 강아지 로봇 눈인 것 같은데요. 저기서 주웠어요."

"아, 감사합니다. 여기저기에 흩어져 있어서 참."

"저기, 무슨 일이 있었나요?"

"흠, 조사 중인데 로봇 안티 과격파의 소행인 듯합니다."

경찰은 대충 답했다. 로봇 안티 과격파. 현장 상황에서도 그건 어렴풋이 파악할 수 있지만, 이렇게 많은 로봇을 이렇게나 산산조각 내다니. 분명 사람의 힘으로는 무리다. 로봇에게 부수게 한 것일까. 어째서 이런 짓을 한 걸까.

나는 멍하니 로봇의 잔해를 바라보았다. 로봇 부품은 전부 무기물이었다. 그래서 뿔뿔이 흩어져 있어도 그로테스크하지도 뭣하지도 않다고 생각했지만, 가장자리에 튀어나온 무언가의 찌부러진 팔을 보고 있으니 속이 울렁거리는 듯한 감각이 들었다. 그 팔의 일부에 검붉은 도료 같은 것이 끈적하게 들러붙어 있었다. 말라비틀어진 피처럼 보였다. 그럴 리가 없다는 사실을 알면서도 말이다.

"로봇 피도 붉으려나."

"저건 로봇을 보호하려고 한 사람이 얻어맞았을 때 흘린 피 같네요."

돌아보자 고바야시가 서 있었다. 우리 회사에서 일하는 로봇 마니아다.

"아, 좋은 아침입니다."

"이미 점심이지만요. 그래도 지각해서 다행이네요. 아침에 엄청난 소동이 일어났으니까요."

"무슨 일이 벌어졌던 건가요?"

"이젠 인터넷 뉴스로 나왔겠지만 10명 정도였던가? 로봇 안 티 말이에요. 저 로봇들을 모아서 데리고 오더니 로봇 해체쇼 라고 하면서 촬영을 하고 말이죠. 화가 난 사람이 말리러 들어 가서 난투가 벌어졌어요. 말리러 들어간 사람의 로봇이라든가 통행인 로봇도 휘말렸는지 엉망진창이었어요. 몇 사람인가 체 포된 것 같은데 왠지 위험한 안티 집단 같아요."

고바야시의 설명을 어느새 사장도 곁에서 듣고 있었다. 사 장은 여전히 서글픈 표정을 짓고 있었다.

"가도록 하지."

고개를 끄덕이고 우리는 그 자리를 뒤로했다. 풍선장어도 조 용히 뒤따라왔다. 그 쭉 찢어진 입가가 왠지 조금 축 처진 듯 해 슬퍼 보였다. 심해생물 시리즈 로봇에게는 표정이 없다. 그 래서 이건 관측하는 이가 마음대로 품은 이미지일 뿐이다.

"자네 로봇은 이걸 예지하고 있었으려나."

가까스로 회사에 도착했는데 고바야시 말고 다른 모두는 점심을 먹으러 나가서 없었다. 고바야시는 로봇 파편을 자세 히 보고 싶어서 그곳에 남아 있었다고 한다. 우리도 배가 고팠 기에 햄버거와 프렌치포테이토, 아이스크림을 배달시켰다.

"예지라니, 그게 뭐예요?"

찾가 회의실에서 배달 온 음식을 먹으며 고바야시에게 오늘 아침에 지각한 이유를 이야기했다. 22층 창문에서는 야자수 광장이 똑바로 내려다보였다. 풍성한 잎에 가려져, 부서진 로봇 더미는 보이지 않았다. 비는 여전히 보슬보슬 내리고 있었고 하늘은 어둑어둑했다.

내 핑퐁 트리 스펀지가 회사에 가고 싶지 않다고 말을 꺼낸 것. 그리고 그 이유에 대해서 로봇공학 3원칙에 근거해서 생각한 우리의 추리를 듣더니 고바야시는 미간을 찡그렸다.

"말도 안 되는 소리로 들려요."

"그래도 실제로 가고 싶지 않다고 표시되는 걸 나도 봤어. 로봇인데 말이야. 그런데 타이밍이 기가 막히잖아. 로봇 안티 과격파가 사건을 일으킨다는 사실을 알고 회피하려고 한 게 아닐까? 이 녀석이랑 자신을 지키기 위해서라면 로봇도 3원칙을 따르면서도 명령을 무시할 수 있잖아."

사장은 손에 들고 있던 프렌치포테이토로 나를 가리켰다.

"아니, 사장님. 로봇공학 3원칙은 어디까지나 아시모프 소설 안에 나온 설정이고 현실에서는 로봇 회사의 이상이랄까, 이념이랄까, 그 정도밖에 안 돼요. 실제 로봇에 그런 대략적인 룰을 지키게 하다니 무리예요. 지금의 기술로는 아직 멀었어요."

"응? 그래?"

"그래요. 제1조부터 까다롭잖아요. 인간의 위험을 간과해서는 안 된다라든가. 그런데 인간이 위험한 패턴은 무한하잖아요."

"아."

그 말이 맞구나 싶었다. 인간은 살아 있는 한 늘 무언가의 생명의 위험이 따른다. 걸어 다니면 넘어지고 가만히 있으면 혈전이 생긴다. 인류를 위험에서 해방시키기 위해 오로지 근절에 임하는 로봇을 나는 순간 망상했다.

"거기다가 제1조에 반하지 않는 한, 하고 말하기 시작하면 또 2차적인 일도 무한하게 발생하니 그렇게 되면 로봇은 무한하게 계속 계산해나갈 수밖에 없지 않을까요."

고바야시는 주변에서 대기하던 자신의 로봇을 턱으로 가리켰다. 여러 로봇 회사에서 주문한 부품으로 조립했다고 하는 그의 자체 제작 로봇이다. 악어 같은 머리가 달려 있다.

"3원칙이 이상이라는 건 알겠어. 그래도 역시 난 이 녀석의 로봇은 오늘 아침 일을 피하려고 했지 않은가 싶어. 그야 그것밖에 설명이 안 되지 않나?"

사장은 창밖으로 보이는 야자수 부근에 시선을 던졌다.

"사건이 일어날 거라 알고 있었다는 건가요?"

"그래, 어떤 방법으로 말이지."

"어떤 방법이라. 고려해본다면…… 소유자 주변에서 말인가요?"

신경질적으로 고개를 내젓고 고바야시는 곁눈질로 나를 보았다.

"이 녀석의?"

"네. 오늘 아침에 있었던 로봇 파괴 퍼포먼스에 대해 그가 통화로 이야기를 주고받는 걸 들었다든가, 메시지를 주고받는 걸 봤다든가 말이죠."

"어라, 그런 대화를 제가 주고받을 리가 없잖아요?"

"아니, 어디까지나 가능성에 대한 이야기예요."

고바야시는 잠시 기쁜 듯 히죽 웃었다.

"아, 그렇군. 이 녀석이 로봇 안티 과격파 동료였다면 가능하려나."

"동료 아니에요."

"아니, 가능성에 대한 이야기라고 했잖아요."

고바야시는 히죽거리며 고개를 가로저었다. 엄청 열받았다.

"뭐 이 녀석이 아니라고 한다면…… 뭘까. 우연히 그런 정보를 입수할 수 있을까."

"그 로봇이 로봇의 권한을 넘어서 제멋대로 통신하고 있었더라면 가능할지도 모르죠. 그래서 우연히 로봇 안티 과격파가 공유하는 스케줄이라도 수신했다든가 말이죠."

내 로봇이 그렇게 제멋대로 굴 리가 없다고 말하려다 멈췄다. 고바야시는 어차피 가능성의 이야기라고 하며 히죽거릴 게 뻔하니까.

표정으로 불만을 어필하면서 아이스크림을 먹고 있는데 "자넨 어떻게 생각하나?"라고 사장이 물었다.

"……로봇 회사에서도 말했지만 저는 로봇이 여러 정보에서 유추해 사건이 일어날 미래를 도출해냈다고 봐요."

"여러 정보라니 뭐예요? 역시 어딘가로 마음대로 통신해서 정보를 얻었다는 소린가요?"

"아뇨, 흔히 뉴스에서 나오잖아요. 로봇 안티 사건 말이에요. 그런 여러 데이터를 집계하고 계산해서 오늘 아침에 우리 회사 근처에서 그런 사건이 일어날 것 같다고 예상한 거죠."

"그렇게 영리할 리가 없잖아요? 고작 개인용 로봇인데."

"가능성에 대한 이야기니까요."

나는 과장되게 어깨를 으쓱해 보였다.

"그런데 말이지."

사장은 테이블 위에 자리 잡고 있는 자신의 로봇을 보았다.

"어딘가로 통신해서 정보를 얻었든, 자력으로 계산을 했든 자네 로봇은 자네 지시 없이 그걸 했단 소리잖아. 듣기엔 거북하겠지만, 제멋대로."

"그렇게 되겠네요."

"어쩌면 그래서 에러 표시가 '가지 못한다'가 아니라 '가고 싶지 않다'였으려나? 어디까지나 자신의 판단으로 스스로 알고 있었으니까."

사장은 진지하게 말했다. 그러네요, 하고 나는 고개를 끄덕였다. 핑퐁 트리 스펀지가 구체를 빛내는 모습이 머리에 떠올랐다. 내 로봇. 몇 개월 전에 이제껏 쭉 소중히 사용해온 강아지형 로봇이 마침내 작동하지 않게 되어 대신해서 샀다. 귀도 눈도 꼬리도 없는 로봇이라면 또 망가실 때가 와도 그만큼 슬프지 않으리라고 생각했다.

문득 생각난 것처럼 사장이 다시 입을 뗐다.

"그런데 그거 괜찮으려나? 왠지…… 로봇 회사에 들키면 로봇으로서 어떤가 하는 문제가 되지 않을까? 맡기고 오긴 했지만."

사장의 지각으로 늦어졌던 회의는 오후부터 시작되었다. 하지만 내가 오늘 출근했던 최대 목표인 '모두 앞에서 사장에게 칭찬받기'는 달성되지 않았다. 내가 만든 혼신의 앞차기 모션은 '왠지 엉거주춤해서 어설프다'고 지적을 받아서였다. 그 후에는 집에서도 할 수 있는 일을 모두가 주절주절 수다를 떨면서 하다가 저녁 무렵 정시에 퇴근하게 되었다. 전체적으로 어설픈 진척이었다. 오늘 회사에서 이룬 성과를 사전에 예지했더라면 나는 오늘 아침에 가고 싶지 않다고 생각했을지도 모른다.

빌딩을 나오자 날이 활짝 개어 있었다. 높은 하늘을 떠다니는 구름이 연한 핑크빛으로 물들기 시작하고 있었다. 밥을 먹으러 가자는 모두와 헤어지고 나는 로봇 회사로 향했다. 야자수 광장을 지나갔지만, 로봇 파편 더미는 이미 정리되어 있었다.

풍선장어가 왔을 때의 루트를 또렷하게 기억해주고 있어서 원만하게 전철에 탔다. 가장 비어 있는 차량에서 느긋하게 앉아서 갔다. 띠링, 하고 울려서 발 언저리의 풍선장어를 보자 "다섯 정거장 후 하차" 표시가 나와 있었다. 성실하게 일해주는 이 녀석과도 로봇 회사에 도착하면 작별이다.

아무도 이쪽을 보지 않는다는 사실을 확인하고, 나는 살그머니 풍선장어의 머리를 쓰다듬어주었다. 로봇에게 절대 정을 품지 않는 것은 인류에게는 여전히 무리인 것이다. 안티라는 이름을 대고 파괴하는 사람들도 분명 어떤 부정적인 정을 품고 말았기에 행동을 취하는 것일 터였다.

로봇 회사의 입구 로비는 석양에 삼켜져 모든 것이 붉게 물들고 있었다. 창으로 덮인 벽 건너편에는 복잡한 그러데이션을 이룬 하늘과 하늘의 색을 모두 녹인 바다. 바람이 강한 모양인지 파도치는 모습이 또렷하게 보였다.

접수처를 지나서 잠시 창가에 서 있었다. 풍선장어는 얌전하게 발 언저리에서 대기 모드에 들어갔다. 투과율이 높은 유리는 이쪽의 모습을 거의 비추지 않고 시야 일면의 하늘과 바다의 핑크빛을 선명하게 보여주었다. 그런데도 뒤에 서 있는 사람의 기척을 알아차렸다.

"오래 기다리셨습니다."

서 있던 사람은 오늘 아침에 로봇을 맡겼을 때와 마찬가지로 조금 로봇 같은 얼굴을 한 직원이었다. 조심스러운 느낌의 훌륭한 발성도 같았다. 그저 그 영업용 미소가 오늘 아침보다 조금 경직된 느낌이 들었다. 뭔가 조금 망설임, 곤혹스러움, 혼란스러움, 그런 느낌이 번져 있는 듯했다.

내 핑퐁 트리 스펀지에 뭔가 심각한 문제가 발견된 것일까. 혹은 이건 그저 관측하는 쪽의 마음일 뿐일까.

아침과 마찬가지로 심플한 개인실로 안내받았다. 깊숙한 직사각형 공간에 S 자형 테이블을 사이에 두고 의자가 두 개 있었다. 광원은 천장 전체에 파묻혀 있는지 구석구석까지 하얗게 밝았다. 창문이 없어서 석양 빛깔도 닿지 않았다.

안쪽 의자 옆, 키가 나지막한 탁자 위에 이미 펑퐁 트리 스펀지가 놓여 있었다. 반나절 만의 재회였다. 내 모습을 봐도 로봇은 꼬리를 흔들며 달려오거나 하지 않았다. 달려가고 싶은 쪽은 나였다. 직원 바로 앞이라서 꾹 참았지만.

"모든 검사를 마쳤습니다."

안쪽 의자에 앉으면서 직원이 말했다. 나도 바로 앞의 의자에 앉았다.

"결론부터 말씀드리자면 결함은 발견되지 않았습니다."

진지한 얼굴로 직원은 나를 똑바로 바라보았다. 고개를 끄덕이고 나는 이어지는 말을 기다렸다. 결함이 없다, 고장 나지 않았다. 그렇다면 다른 무언가가 발견되었다는 걸까.

소리도 없이 쟁반형 로봇이 등 뒤에서 차를 가지고 왔다. 나는 아침과 마찬가지로 보라색 차를 들었다. 은은하게 달달한, 풀에서 나는 복잡한 내음이 났다.

차를 두 모금 마셨다. 직원은 여전히 가만히 이쪽을 보고 있었다.

"저기."

나는 조금씩 두근거리기 시작했다. 사장이나 고바야시와

한 이야기가 되살아났다. 설마 정말로 내 로봇은 무언가를 스스로 판단해서 위험을 회피한 걸까?

"그럼…… 저기, 뭐가 문제였나요? 오늘 아침 데이터에 뭔가 이상한 게 있었나요?"

"보고드린 대로 고객님의 로봇이 '가고 싶지 않습니다'라고 출력한 이력은 확인되었습니다."

"네."

"그렇습니다."

"……네."

직원은 또 말문을 닫았다. 질문한 것 이상의 대답은 돌려주지 않았다. 혹시 이 사람은 로봇인가, 하고 순간 생각했다.

"저기…… 제 로봇이 가고 싶지 않다고 말하기 전에…… 수수께끼의 계산을 하고 있었다는 데이터는 없었나요? 혹시 비밀스러운 통신이라든가요?"

"……무슨 말씀이신지요?"

"오늘 아침에 회사 앞에서 위험한 사건이 벌어졌거든요. 이 로봇이 그걸 회피하려고 한 게 아닌가 싶어서요. 사건을 예지했다거나 사건의 정보를 어딘가에서 얻었다든가요."

나는 솔직하게 말했다. 말하면서 직원의 눈동자가 살짝 흔들리는 것을 발견했다. 역시 이 사람은 로봇이 아니다. 내 말에 동요하고 있다. 역시 내 핑퐁 트리 스펀지는 초고도의 계산으로 미래를······.

"아닙니다."

한 줄기 떨어진 머리카락을 귀 뒤로 넘기면서 직원은 말했다.

"그런 기록은 전혀 없었습니다."

"어, 정말인가요?"

단호하게 말한 직원에게 나는 얼빠진 목소리로 대답했다.

"네, 한 달 전까지 거슬러 올라갔습니다. 불가해한 계산이나 부정한 통신은 아무것도 확인되지 않았습니다. 오늘 아침에도 이쪽 로봇은 아무 문제도 일으키지 않았습니다."

"그래도······ 그럼 왜 가고 싶지 않다고 말한 걸까요. 뭔가 제 지시 방법이 잘못되었을까요."

"아뇨."

"그럼."

"저기 대단히 말씀드리기 어렵지만."

"네."

"딱히 이유는 없는 듯합니다."

"네?"

"이유는 없지만 왠지 모르게 가고 싶지 않다고 판단한 듯합니다."

"네에?"

나는 탁자 위에 차분히 있는 핑퐁 트리 스펀지를 보았다. 희미한 구체의 빛이 우리의 이야기를 조용히 듣고 있는 것처럼 보였다. 왠지 모르게 가고 싶지 않다라.

"그건…… 그럴 기분이 아니었다는 말씀이신가요?"

"그렇게 되네요."

"위험을 피하려고 한 게 아니라."

"네, 그런 이력은 일절 없었습니다. 그냥 가고 싶지 않았을 뿐입니다."

"저어, 그런데 로봇한테 그런 기분이 있기도 하나요?"

직원은 조금도 헝클어지지 않은 머리카락을 귀 뒤로 다시 넘기려고 하면서 한 박자 틈을 두고 입을 열었다.

"없다고 대답해드리고 싶지만, 모른다는 게 제 솔직한 생각입니다. 저희가 제공하는 로봇은 고객님의 생활을 서포트하기 위한 것이라서 기분이나 감정이 발생하는 회로 등은 탑재되어 있지 않습니다. 기술적으로도 불가능합니다. 하지만 그럼 어째서 이 아이가 가고 싶지 않다는 말을 꺼냈냐고 한다면 왠지 그럴 기분이 아니었던 게 아닐까?라고밖에 설명할 수 없겠네요. 이 아이는 정상적으로 작동하고 있고 정상적인 작동 범위에서 가고 싶지 않다고 판단한 겁니다."

"그런가요?"

"그렇습니다."

"그렇군요……."

나는 차를 한 모금 더 마셨다. 직원은 문득 손을 뻗어서 핑퐁 트리 스펀지 구체 하나를 살며시 쓰다듬었다.

왠지 모르게 그럴 기분이 아니라 가고 싶지 않다.

위험해서라든가 꺼림칙한 일이 있다든가 몸 상태가 나빠서가 아니라 그저 가고 싶지 않다.

"힘내서 가자고 말을 걸었다면 괜찮았을까요?"

"글쎄요, 그런 추상적인 지시는 이해하지 못할지도 모릅니다."

"그렇군요."

"저어, 어떻게 하시겠습니까?"

점원은 이쪽을 살피듯이 눈치를 보며 물었다. 어떻게라뇨, 라고 나는 되물었다. 직원은 조용히 구체를 내려다보았다.

"불량은 아니었습니다. 즉 수리해서 고칠 수 없습니다. 또 같은 작동을 일으킬지도 모른다는 겁니다. 지금 현재 확인된 바로는 어떤 명령도 받아들이는 상태가 되었지만, 언제 또 기분에 따라 지시를 거절할지도 모릅니다. 초기화를 하면 지금까지 학습했던 것도 삭제되니 우선은 상태도 나아지겠죠. 하지만 또 마차가지로 학습을 하면 기분과 같은 것을 획득해버릴지도 모릅니다. 별다른 의미 없이 지시를 거절하는 것은 로봇에게 있어서는 안 되는 결함이기에 반품이나 교환을 희망하실 경우, 무상으로 접수해드리겠습니다."

"아, 괜찮습니다. 초기화도 반품도 안 할 생각입니다."

당황스러운 심정이긴 했지만, 그 점에 대해서는 확실히 대답할 수 있었다. 나는 사장의 말을 떠올리고 있었다. 가고 싶지 않다니 상당히 고도의 감각이라는 말.

과거의 경험에서 미래를 예측해 회피한다. 그건 분명 근사한 일이라고, 뇌라는 건 고도의 존재구나 싶었다. 하지만 누군가를 예측하는 것도, 회피하는 것도 아닌 그저 왠지 모르게 기분에 따라가고 싶지 않다는 감각 쪽이 더 복잡하지 않을까. 전혀 도움이 안 되는 복잡함이지만 말이다. 오히려 방해가 되는 감각이다. 엄격한 자연계에서 온 힘을 다해 살아가야 하는 인간이나 로봇에게 있어서 거추장스러운 불량한 태도다.

"감사합니다."

직원은 안심한 듯한 부드러운 미소로 그렇게 말했다. 그건 직원으로서 상품이 반품되지 않아 안심했을 뿐이라는 미소가 아닌 느낌이 들었다. 이 직원은 로봇을 정말 아주 좋아하고 그 행복을 진심으로 바라는 타입의 사람이 아닐까. 로봇에게 기분이나 감정이 있는지 없는지 모르는 것과 마찬가지로 타인에게 기분이나 감정이 있는지 없는지도 사실은 모른다. 자신의 내면에 있는 것을 타인의 내면에서도 발견한 듯한 기분이 들 뿐이다. 그리고 나는 오늘 아침에 '가고 싶지 않다'고 말하는 로봇을 발견했다.

"왠지 모르게 가고 싶지 않을 때가 저한테도 흔히 있거든요."

핑퐁 트리 스펀지는 변함없이 가만히 있었다. 희미하게 구체를 빛내며 이 녀석은 오늘 아침에, 아, 왠지 오늘은 가고 싶지 않구나, 라고 생각한 것이다. 그건 참으로 귀엽다. 애정이나 증오나 로봇공학 3원칙을 지켜야 하는 유연한 뇌보다도 앞서 이 로봇에게는 '가고 싶지 않다'가 움튼 것이다. 그냥 가고 싶지 않다를 습득한 로봇이라고 생각하자 나는 이 녀석을 이제 마음이 잘 맞는 친구처럼 생각하게 되었다. 초기화는 불가능하다. 이별하고 싶지도 않다.

"집에 갈까?"

핑퐁 트리 스펀지는 대기 모드를 해제하고 몇 초 후에 띠링, 하고 울렸다. 나는 직원에게 가볍게 인사하고 자리에서 일어났다.

"이 자리에서만 드리는 말씀이지만."

동시에 자리에서 일어난 직원이 말했다.

"제가 데리고 있는 풍선장어도 가끔 저를 무시해요."

"그래요?"

"네, 업무로 동일한 형태의 로봇과 장시간을 같이 보내고 난 후에는 특히 그래요. 원인은 모르겠지만요."

"아…… 로봇한테도 여러 가지 사정이 있나 보네요."

하하…… 우리는 의미 없는 미소를 주고받고 헤어졌다.

아무것도 해결되지 않았지만, 가고 싶지 않다는 기분을 획득한 것은 조금 동료가 된 것 같은 기분이 들게 한다. 그걸 알 수 있어서 오늘은 오길 잘했다.

어섭쇼

고지마 요타로

고지마 요타로 小嶋陽太郎

1991년 나가노현에서 출생했다. 2014년 《꼴사나워도 됐습니다》로 제16회 보일드에그즈 신인상을 수상하며 데뷔했다. 다른 저서로는 《오늘 밤, 너는 화성으로 돌아간다》, 《아가씨의 격식》, 《이쪽은 문학소녀입니다》, 《네 곁의 너》, 《우리는 그날까지》, 《슬픈 이야기는 이만 합시다》, 《방과 후, 나 홀로 동맹》, 《우정이니 감동하라니까》가 있다.

1

침대에서 떨어져 눈을 떴다. 아래층 이웃이 밀대 자루인가 뭔가로 천장을 쳐서 바닥이 살짝 흔들렸다.

몇 초 동안 멍하니 있다가 일어나 부엌으로 갔다. 아침 8시 50분이었다. 주전자에 물을 부어 끓였다.

입주할 때부터 이미 곳곳이 울어서 떠 있던 바닥은 아침에 특히 차갑다. 부엌 매트를 사자 생각하고서 사지 않은 채 3년 가까이 지났다. 떨어지면서 세게 부딪친 허리가 욱신거렸다.

최근에 늘 침대에서 떨어지며 잠에서 깬다. 고치고 싶지만 잠버릇은 스스로 제어할 수 없다. 떨어지기 전에 무언가 지독한 꿈을 꾸고 있었던 것 같다. 그 탓에 꿈에 시달리다 몸부림을 치고 굴러떨어졌다.

아래층 이웃은 매일 아침 착실하게도 반드시 천장을 친다.

분명 결벽증에 고혈압인 인간일 것이다.

침대를 없애고 방바닥에 이부자리를 깔고 자면 침대에서 떨어지는 일과 아래층 이웃이 천장을 치는 공방에도 종지부를 찍을 수 있을 것이다. 하지만 침대가 없으면 미야마가 왔을 때 자고 가주지 않으니 버릴 수 없다. 미야마는 밥을 꼬박꼬박 챙겨 먹고나 있을까.

커피를 마신 후 채비를 하고 집에서 나갔다.

회사까지 전철로 약 40분. 환승은 하지 않는다. 전철 안에서 내릴 문 가까운 지점을 확보하고 하나의 작대기가 되어 숨 막히는 시간을 보낸다. 회사에 도착한다. 엘리베이터를 탄다. 최근에 이전한 사무실은 벽이나 천장이 하얗게 통일되어 있어서 눈부시다.

복사를 하고 커피나 녹차를 탄다. 무언가 수치나 데이터를 지시받은 대로 컴퓨터에 입력한다. 입사한 지 슬슬 3년이 지났지만 업무 내용은 첫해와 다름없다. 자신이 일하는 회사가 무슨 회사인지 알고 있지만, 가령 몰랐다고 하더라도 지금의 일은 할 수 있다.

40대나 50대 남성 직원이 교대로 다가와서 내 어깨를 주무른다. 무언가 이야기하고 싶어 하는 사람도 있고 아무 말 없는 사람도 있다. 산화된 피지와 헤어토닉 냄새. 누구와도 어울리지 않고 사무실에 동화되도록 죽은 듯이 일하는, 눈에 띄지 않는 여자야말로 목표물이 되기 쉽다는 사실을 안다. 웃는 얼굴로 받아넘길 수도, 손을 뿌리칠 수도 없는 노릇이라 입사 초에는 불쾌하기 짝이 없었다. 하지만 지금은 아무렇지도 않다. 불쾌한 건 여전하지만, 일일이 속으로 혀를 차는 노력도 허사다.

틈을 봐서 화장실로 가 변기를 의자 삼아 아무것도 하지 않고 잠시 시간을 때운다. 몇 사람인가 여직원들이 찾아와 수다가 시작된다. 목소리가 들려오는 위치에서 여직원들이 세면대를 점령하고 있다는 사실을 알 수 있다.

수다거리는 최근에 나온 배우, 아늑한 카페, 먼젓번 술자리에서 만난 남자, 변비약 등 여사원들이 나누는 전형적인 이야깃거리이긴 하지만 나름대로 여러 갈래로 뻗어가다 마지막에는 회사 내의 연애담에 종착한다. 누구 누구가 사귀고 있다, 누구 누구가 불륜을 저지르고 있다, 누가 누구를 노리고 있다 등.

수다 마지막에 내 이름이 나왔다. 회사 남직원 누구에게라고 할 것 없이 색기를 부려서 닥치는 대로 상대하고 있는 모양이라는 내용이었다. 나는 회사 사람에게 색기를 부린 적이

한 번도 없고 누굴 상대한 적도 없다.

화장기 없는 것과 사교성 없는 점이 오히려 약아빠졌어, 그런 여자야말로 뒤에서는, 하고 말은 이어졌다. 반대로, 라는 마법의 말을 자유자재로 다루는 여자들은 무적이다. 그녀들의 화장실 수다에서 다루어지는 화젯거리는 무의미하고, 무의미한 수다에 어떤 형태로든 참가하는 건 더 무의미하다. 수다에서 이름이 거론된 것은 내가 그리 생각하고 있는 게 그녀들에게 전해진 탓이다.

입사 초기에 몇 번인가 받은, 여직원 모임 초대를 다 거절했다. 화장실 수다의 확장판 같은 쓸모없기 짝이 없는 것에 대체 누가 어울리겠단 말인가. 웃기지도 않았다. 그런 모임을 할 틈이 있으면 얼른 퇴근해서 미야마에게 식사를 차려주고 싶었다.

수다 종료 후, 2분 정도 기다렸다가 화장실을 나갔다. 사무용 책상으로 돌아가 주어진 업무를 해낸다.

19시 50분 무렵에 퇴근이 허용된다.

허용된다, 고 해도 딱히 신호가 있는 게 아니다. 사무실 분위기를 보고 스스로 판단해서 그렇게 생각할 뿐이다. 지나치게 반감을 사는 것도 바람직하지 않아서 균형을 꼼꼼하게 맞춘다. 나도 그 정도는 신경 쓴다.

다시 전철로 약 40분.

　또다시 뻣뻣한 작대기가 된다.

　천장에 매달린 광고의 주간지 제목이 갑자기 눈에 들어왔다. 도내 OL들의 속내 만화칼럼. 재미도 뭣도 없다. 하지만 그 OL이라는 기호적인 말로 표시되는 직업에 종사하고, 바로 그 기호적인 사무를 처리하고 있는 자신의 현재 상황을 고려하면 갑자기 우스워진다.

　전철 안에서 폭소하는 자신을 상상했다. 상상하면 몸이 제멋대로 그것을 실행에 옮기려고 한다. 하지만 때마침 적절한 타이밍에 비스듬히 건너편 위치에 앉은 중년 여성이 공기와 대화를 시작하는 것을 보고 조금 냉정해진다. 헛기침을 하고 목 언저리에 쌓인 미소의 예감을 지워버리고 다시 몸을 뻣뻣하게 만든다. 하지만 공기를 상대로 한 중년 여성의 대화—그야 네가 요전번에 말했잖아. 아니야. 응, 그래그래. 맞아, 그거 짜증 나지, 저질스럽고 등등—가 귀에 들어와서 아무래도 신경이 쓰여 여성을 관찰하기로 했다.

　새빨간 카디건에 흰 롱스커트를 입고 있었다. 양손 약지에 저마다 큰 보석이 박힌 반지를 끼고 있었다. 발에는 보풀이 잔뜩 일어난 흰 양말에 지압 슬리퍼를 신고 있었다. 살짝 흰 머리가 섞인 긴 머리는 멀끔하게 다듬어져 있었고 화장도 꼼꼼하게 되어 있었다. 립스틱을 들여다보자. 카디건과 마찬가지로 새빨간 립스틱만 멋들어지게 비뚤어져 있어서 윗입술이 두 개 있는 것처럼 보였다. 그 입술은 선명하게 움직여서 차량에 울려 퍼지는 목소리로 이야기를 계속했다.

잠시 관찰하고 있으니 여성의 얼굴이 살며시 이쪽으로 향한 느낌이 들어 나는 바로 시선을 피했다.

몇 초 지나서 전철이 속도를 줄였고 집이 있는 역에 정차해 문이 열렸다.

하차하려고 했지만 내릴 수 없었다.

몸이 뒤로 쑥 잡아당겨진 탓이다.

돌아보자 조금 전의 여성이 내 가방을 잡고 눈을 부라리고 있었다. 흰자에 가늘게 가로지르는 망 같은 혈관이 입체적으로 떠 있어 보였다. 정체를 알 수 없는 심해생물의 먹이를 다루는 특수한 기관처럼 말이다.

너 같은 인간이 있으니까, 하고 여성은 침을 튀기면서 질식하기 직전의 거대한 까마귀 소리 같은 카랑카랑한 목소리로 외쳤다. 입가에 거품을 물고 있었다. 나는 순간적으로 여성의 손을 뿌리치고 문이 닫히기 전에 플랫폼으로 뛰쳐나가 계단을 달려 올라갔다. 그 바람에 여성을 밀치고 말았다. 플랫폼을 뛰쳐나왔을 때 까마귀 소리가 들렸다. 빌어먹을 년.

개찰구를 나와 처음으로 돌아보았다. 여성은 따라오지는 않았다.

무릎에 손을 대고 숨을 뱉었다. 호흡을 가다듬고 고개를 들고 앞을 보자 빨간색 카디건이 눈앞에 있었다. 심장이 벌렁거렸고 소리 없는 비명이 몸속에서 메아리쳤다. 비슷한 옷을 입은 대학생 정도쯤 되는 여자아이라는 사실을 알아차리고 다리에 힘이 풀렸다. 복서가 시합에서 턱을 제대로 맞아 쓰러질 때처럼 땅에 털썩 무릎을 꿇었다.

카디건을 입은 여자아이가 괜찮아요? 하고 쪼그려 앉아 손을 내밀었지만, 반사적으로 뿌리지고 말았다. 주변에서 술렁대기 시작했고 이윽고 역무원이 다가왔다. 정신을 차리고 보니 손을 내밀어준 여자아이는 사라져 있었다.

어디 안 좋으신가요? 하고 역무원이 물었다. 아니요, 괜찮습니다. 말이 목소리로 나오지 않았다. 목이 칼칼해서 목소리가 제대로 나오지 않았던 것이다.

가방에 들어 있던 페트병을 꺼냈다. 손이 떨려서 힘이 들어가지 않아 뚜껑이 열리지 않았다. 벌렁거리는 심장이 진정되지 않았다. 보다 못한 역무원이 제가 해드릴까요, 라며 열어주었다. 물을 마시고 마침내 괜찮다고 말할 수 있었다. "잠시 현기증이 나서요."

역무원은 여전히 걱정스러운 얼굴을 하고 있었지만 내가 자력으로 일어나서 걷기 시작하는 것을 보고 물러났다.

남쪽 출구로 나가 건널목을 건넌 끝자락에 있는 흡연 구역 벤치에 앉았다. 담배를 피우자 조금 차분해졌다. 손도 떨리지 않았다. 이제 나이도 먹을 만큼 먹은 어른이다. 뭘 울먹이기까지 하고 있담. 도시에는 많은 사람이 있다. 사람이 많이 모이는 곳에는 특이한 사람도 많다. 동요할 정도의 일도 아니다.

손끝으로 뜨거움이 느껴져서 보자 담배가 아주 짧아져 있었다. 두 개비째에 불을 붙였다. 세 모금만 빨고 재떨이에 버린 후 걷기 시작했다.

역과 집 중간 지점에서 편의점에 들렀다. 자동문이 열리는 것과 동시에 어섭쑈의 어서 옵쑈가 들려서 안심했다.

어섭쑈는 여느 때처럼 지금 당장 세상 따위 폭발해버리면 좋을 텐데 하는 따분한 표정으로 계산대에 서 있었다. 가볍게 인사하고 입구에 있는 장바구니를 들었다.

어섭쑈는 이 편의점 점원으로 내가 퇴근길에 들르면 세 번에 한 번 정도의 확률로 계산대에 서 있다. 나는 거의 매일 이곳에 들르니 한 주에 두 번 정도의 빈도로 본다는 게 된다.

그녀의 "어서 오세요"는 "어섭쑈"로 들린다. 이름은 모르지만 성은 이름표로 알았다. 오니마쓰라고 한다. 오니마쓰 어섭슈 많이 손상돼 퍼석퍼석하고 붉은 기 도는 갈색 머리를 양쪽 귀보다 높은 위치에서 각각 땋아 내리고 있다. 분명 애니메이션이나 뭔가의 캐릭터를 참고하고 있을 것이다. 눈 주변이 새까맣게 마구 칠해져 있고 마스카라를 칠한 속눈썹이 성게의 가시처럼 굵다. 계산할 때 가까이에서 보면 쌍꺼풀 테이프가 보인다. 그리고 뼈와 피부만으로 구성된 앙상한 몸을 하고 있다. 틀림없이 거식증이지 싶다. 여름에도 긴소매를 입고 있다. 아마 손목을 감추고 있는 듯하다. 한번은 안대를 하고 있을 때도 있었다. 가끔 눈에 반창고를 붙이고 있다. 그것들이 진짜 안대나 반창고인지, 아니면 상처를 입은 척하는 패션인지는 모른다. 아마 스무 살 정도 되었을까 말까 하다. 러블리(하다고 스스로는 생각하고 있다고 본다)한 헤어스타일과 달리 목소리가 상당히 나지막하다. 그리고 이름은 오니마쓰 어섭쇼. 대단하다. 젊은 남자 둘 이상의 무리에게 놀림받는 느낌으로 시비가 붙는 모습을 가끔 목격한다.

계산대 앞의 도시락 코너에서 카르보나라와 미니 샐러드를 장바구니에 넣고 조금 망설이다가 가게 안쪽으로 가서 캔맥주도 두 캔 넣었다. 더 고민하다 한 캔 더 담았다. 계산대로 가지고 가자 어섭쇼가 여느 때처럼 아무 말 없이 바코드를 찍었다. 비닐봉지에 담는 동안 그녀의 새까만 눈을 관찰했다.

마구 칠해진 검정에 파묻혀 결과적으로 눈이 소멸되어 있었다. 원래의 눈 크기를 속이기 위해 하고 있으니 그녀의 메이크업은 성공적이라고 한다면 성공적이다.

어섭쇼와는 2년 정도 전에 그녀가 그곳에서 일하기 시작하고서부터 쭉 단순한 점원과 손님의 관계, 카운터를 사이에 두고서밖에 볼 일이 없는 완전한 타인의 관계로 있어왔다. 하지만 석 달 전 처음으로 편의점 말고 다른 장소에서 만났다. 내가 담배를 대학 시절 이후에 다시 피우기 시작한 그날. 역 앞 찻집에서였다.

편의점 밖의 오니마쓰 어섭쇼는 프릴이 잔뜩 달린 흑백의 메이드복을 입고 있었다. 역시 여름인데 긴소매였다. 소맷부리에 볼륨이 들어간 흰 프릴이 달려 있어서 마른 가지 끝에 꽃이 피어 있는 듯했다. 밥공기처럼 둥그스름하게 부푼 스커트와 새의 뼈 같은 어섭쇼의 몸과의 대비가 기묘해서 메이드라기보다 피에로나 거리의 광대 종류로 보였다. 역시 심기가 불편한 표정을 짓고 있었다.

80퍼센트가 중노년 남성으로 채워진 찻집 안에서 어섭쇼는 명백하게 겉돌고 있었다. 하지만 연기를 뱉어내는 자세가 묘하게 몸에 배어 있었다. 오른손으로 빨고 가끔 왼손가락 손톱을 물어뜯고 있었다. 나보다 더 젊은 여성이 남성과 담배 연기로 가득 찬 공간에서 부조화스러운 차림으로 폐를 오염시키는 모습을 보고 있자니 뭐라 할 수 없는 기분이 들었고 그 광경은 갑자기 나의 흥미를 솟구치게 했다.

어섭쇼의 옆에 서서 조금 긴장한 채 인사했다.

어섭쇼는 나를 알아보더니 표정을 바꾸지 않고 미묘하게 고개를 앞으로 움직였다.

나는 담배에 불을 붙이고 한 모금 빨았다. 그리운 동작과 맛이었다.

머릿속이 개운하게 식어서 조금 진정되었다. 뱉어낸 연기가 천천히 어섭쇼 쪽으로 흘리갔다. 어섭쇼기 니를 인식해주고 있다는 사실이 기뻤다.

어섭쇼 옆에서 어섭쇼와 같은 방향을 보면서 잠시 연기를 맛보고 있었다. 눈가에 내내 어섭쇼가 있었다. 마음이 기묘하게 벅차오르는 것이 느껴졌다. 몇 년 만에 맛보는 담배가 나에게 평소에 없던 용기를 가져다주었다.

"옷, 귀엽네."

어섭쇼는 이쪽을 보지 않았다. 오른손을 천천히 입가로 가지고 가서 마지막 한 모금을 빨아들이고 아무 말 없이 담배를 재떨이에 비벼 정성스럽게 불을 끄더니 꽁초를 버리고 가버렸다.

다음으로 어섭쇼와 찻집에서 마주쳤을 때 저번보다 조금 거리가 있는 위치에 서서 조심스럽게 인사를 하자 어섭쇼는 인사로 답해주었다.

나는 내심 가슴을 쓸어내리고 있었다. 말만 걸지 않으면 되는 것이다.

이후 몇 번인가 찻집에서 어섭쇼와 맞닥뜨렸다.

내가 먼저 와 있었고 그 후에 어섭쇼가 온 적도 있다. 어섭 쇼는 내 근처에는 서지 않지만, 가벼운 인사만은 한다. 목소리는 내지 않는다. "어섭쇼", "데워드릴까요?", "거스름돈 126엔입니다" 등 점원이 해야 하는 말밖에 그녀의 입에서 들은 적이 없다.

"1,309엔입니다."

계산을 하고 어섭쇼로부터 카르보나라와 미니 샐러드와 캔맥주를 받아 들었다. 오늘도 까맣게 매몰된 눈꺼풀에서 비집고 나온 투명한 테이프가 가게 조명을 반사시켜 빛나고 있었다.

응시하면서 지금까지 전례가 없었을 만큼 말을 걸고 싶은 마음이 강렬하게 들었다.

하지만 암묵적인 룰이 있다. 편의점 점원과 손님 이상, 지인 미만이라는 이 관계성을 계속 유지해야 한다는 암묵적인 룰. 내가 제멋대로 생각하고 있는 거지만.

하지만 어디까지나 손님으로서 말을 거는 거라면 허용되지 않을까. 예를 들어 늘 감사합니다, 수고하세요, 그런 것 말이다. 뭐든 좋으니 어섭쇼와 나 사이에 소통을 가지고 싶다.

"뒤에 계신 손님, 계산해드리겠습니다."

어섭쇼가 그렇게 말해 그 기회는 사라졌다.

비닐봉지를 대롱대롱 들고 가게를 나섰다.

2

침대에서 떨어져 눈을 떴다. 시계는 아침 6시 50분을 가리키고 있었다.

밑에서 쿵쿵 치는 소리는 오늘도 변함없었다.

주전자에 물을 부어서 끓이고 그대로 싱크대에서 가글을 했다. 역시 아침의 마룻바닥은 차가웠다.

부딪친 어깨와 허리를 문지르면서 낮은 테이블에 어질러진 카르보나라와 샐러드의 플라스틱 용기, 빈 맥주 캔을 정리했다. 물이 끓어서 커피를 탔다. 머그컵이 무거웠다. 몸이 휘청거렸다. 수면 부족 때문이다.

어제 잠이 잘 오지 않았다. 침대에 들고 마침내 잠이 든 것은 아침 무렵인 5시 넘어서였다.

귀가 후에는 바로 저녁을 먹는다. 그 후 맥주를 마실까 했지만, 이미 일주일 연속으로 마셔댔기에 이젠 바람직하지 않다고 생각해 욕조에 몸을 담갔다가 자기로 했다. 오랜만에 뜨거운 물을 받아 입욕제를 넣고 30분 정도 몸을 담갔다.

욕조 목욕을 끝내고 11시에는 침대에 들었다.

하지만 조금도 잠이 올 기미가 없어서 결국 맥주를 땄다. 한 캔 마시자 바로 취기가 돌았고 그 후 두 캔, 세 캔 마시면서 미야마를 생각하지 않을 수 없었다.

미야마와는 대학 4학년 때 아르바이트를 하던 패밀리 레스토랑에서 알게 되었다. 나보다 두 살 연하여서 처음 만났을 때 그는 아직 열아홉이었다.

미야마의 꿈은 만화가가 되는 것이었다. 아르바이트를 해가면서 못 그리지만 매력적인 풍자만화를 그리고 있었다. 못 그리지만 매력적인 풍자만화라는 것은 미야마가 자신의 작품을 가리킨 표현이며 실제로 그러한지 아닌지는 알 수 없다. 나는 만화를 읽지 않으니 말이다.

그와는 근무 시간이 자주 겹쳐서 친해졌고 바로 사귀게 되었다. 취미로 음악을 하고 있어서 드러머이기도 하기에 어쩌다 보니 불량한 친구가 많았다. 그에 비해 미야마 자신은 술도 담배도 하지 않았다. 그런 순진함과 해맑음과 보드라운 머리카락과 옆에서 본 아름다운 턱선에 어떤 모자든지 어울리는 점이 좋았다.

나는 미야마와 사귀기 시작하자마자 대학 2학년 때부터 3학년에 걸쳐 사귀던 사람의 영향으로 피우기 시작한 담배를 끊었다.

우리는 곧잘 집에서 데이트를 했다.

밥을 차려주면 미야마는 무척이나 기뻐했다. 마른 몸으로 많이 먹었다. 미야마를 늘 기쁘게 해주고 싶었다.

그때까지 나는 방바닥 나무 깔판 위에 이부자리를 펴고 자고 있었다. 미야마가 침대 아니면 못 잔다고 해서 바로 인터넷 쇼핑으로 더블침대를 사서 같이 조립했다. 어릴 적부터 내내 침대에서 자면서 자라왔기에 바닥에서는 불편한 모양이었다. 방이 단숨에 좁아졌지만 미야마를 위해서라면 아무래도 상관없었다.

미야마는 얼마 지나지 않아 우리 집에 눌러앉아 지내게 되었다.

동거 생활은 무척이나 즐거웠다. 일하고 돌아오면 미야마가 있고, 이야기를 들어주는 것이다.

그는 가끔 훌쩍 나갔다가 일주일이나 열흘 정도 돌아오지 않을 때가 있었다. 그사이에는 연락도 일절 닿지 않았다. 그런 자유로운 면은 미야마의 장점이며, 그 자유로움은 곧 그의 명랑함이나 해맑음이기도 했다.

사귀기 시작한 지 1년 하고 조금 지났을 무렵에 빈번하게 다투던 시기가 있었지만, 내가 굽히면 바로 해결된다는 사실을 깨닫고 나서는 뚝 멈췄다.

미야마는 기본적으로 부드러운 사람이지만, 갑자기 호전적일 때가 있다.

무언가에 대해서 이야기하다가 서로 다른 의견을 가지고 있다는 사실이 밝혀지면 상대의 생각을 듣고 이해를 깊게 하기보다도 논쟁으로 상대를 꺾는 데 필사적이었다. 내 말을 들으려고도 하지 않았다. 늘 그런 게 아니라 가끔 스위치가 켜지면 그럴 뿐 평소에는 내 이야기를 잘 들어주고 다정해서 딱히 불만으로 여기지 않았다. 바꿔 말하자면 기분이 언짢아졌을 때 발끈한다는 것일 뿐 그건 그의 어린애 같은 귀여운 모습이기도 했고, 그래서 보살펴주고 싶다는 기분이 들었다.

집세는 전부 내가 내고 있었다. 집안일도 내가 하고 있었다. 하지만 그건 미야마가 있어도 없어도 해야만 하는 일이라서 고되지 않았다. 아르바이트를 하면서 꿈을 좇고 있는 미야마에게 나는 버팀목이 되어주고 싶었다. 나에게는 꿈을 가질 만한 특별한 재능도 근성도 없어서였다.

가끔 늘 고맙다고 말하며 아르바이트비로 저녁을 쏘거나 어디서 샀는지 모르지만 코끼리나 개구리 조각 장식물 같은, 내 손으로는 절대 고르지 않을 이국적인 느낌의 이상한 액세서리를 선물해주는 게 기뻤다. 궁극적으로 말하자면 미야마가 있어주는 것만으로도 좋았다. 버팀목이 되어주는 것을 삶의 보람으로 삼을 수 있었다.

그런 미야마가 사라졌다.

여름 어느 날 훌쩍 나갔다.

늘 있는 일이라 처음에는 신경 쓰지 않았다. 길어도 열흘 정도면 돌아오겠지 싶었다.

하지만 눈 깜짝할 사이에 2주가 지나고 3주가 지났다. 언제 돌아와도 되도록 냉장고에는 늘 식료품을 갖추어놓았다. 정신을 차리고 보니 나간 날로부터 한 달이 지나 있었다. 역시 나도 이건 어쩌면, 하고 생각하기 시작했다.

미야마는 더 이상 돌아오지 않는 게 아닐까.

생각하다 보면 절망적인 기분이 들었고, 그 절망적인 기분이 흡연 욕구를 불러일으켰다. 담배를 피우고 있으면 미야마가 불쑥 돌아왔을 때 미움받지 않을까 싶었지만, 그때가 되어 끊으면 상관없었다.

홀로 있게 되자 생활은 서서히 붕괴되었고 거의 내 손으로 밥을 해 먹지 않게 되어 퇴근길 편의점에서 도시락과 맥주를 사게 되었다. 피부는 거칠어졌고 얼굴은 부었으며 좋은 일은 하나도 없었다. 하지만 관둘 수 없었다.

어제도 맥주 세 캔에 취기가 돌았지만 조금도 졸리지 않아서 얼른 밤이 끝났으면 좋겠다고만 생각했다. 그런 주제에 새벽 무렵 커튼 건너편에서 하늘이 희미하게 뿌예지자 아침이 찾아오는 게 두려워져서 밤이 끝나지 않았으면 좋겠다는 기분이 들었다. 홀로 있는 밤은 늘 길고도 짧았다.

다급히 침대로 뛰어들어 이불을 덮었다. 그러자 갑자기 의식이 끊어져 기절하다시피 잠이 들었다. 일어나야 하는 시간이 되자 두 시간도 자지 못했는데 자연스레 꿈에 시달리다 침대에서 굴러떨어져 잠에서 깼다. 아래층으로부터 반격을 당했다.

침대에서 떨어지기 시작한 것은 담배를 다시 피우기 시작한 시기와 거의 동시였다. 아마 미야마가 돌아오면 둘 다 딱 멈출 수 있을 것이다.

혼자 사는 사람에게는 지나치게 큰 침대를 창가에 붙인 방 한가운데에 서서 커피를 마시며 멍하니 있었다. 창으로 들어오는 아침 햇살이 방 모퉁이 먼지를 빛나게 하고 있었다.

예고 없이 손에서 머그컵이 떨어져 요란한 소리를 내며 깨졌다. 묵직한 도자기 머그컵이었다. 갓 만든 뜨거운 커피가 튀어 매다리인 발을 적셨다. 뒤통수에 커피보다 까만 액체를 어딘가에서 뒤집어쓴 느낌이 들었다. 밑에서 쿵 하고 바닥을 쳤다. 뒤통수에 쏟아진 공상의 액체가 흔들려서 터졌다. 그 자리에서 폴짝 뛰어 중력에 몸을 맡기고 착지했다. 깨진 머그컵 파편이 발바닥에 박히면 어쩌나, 하는 생각은 머릿속에 없었다.

다행히 착지한 장소에 파편은 없었다. 직후에 다시 쿵 하는 소리가 들렸다. 내가 서 있는 곳을 핀포인트로 삼아 반격해오고 있었다. 방 반대편으로 이동해서 다시 점프했다. 역시 상대의 반격은 정확했다. 이동해서 점프할 때마다 상대도 추격해서 확실히 발바닥을 찔러왔다.

좁은 방을 돌아다니며 얼굴이 보이지 않는 상대를 멍텅구리라고 욕하면서 다시 뛰었다. 응수가 잠시 이어졌고 결국에 지쳐 나가떨어져 방구석에 주저앉았다. 내가 공격을 관두자 상대도 이제 천장을 치지 않았다.

원래는 머그컵이었던 물건과 쏟아진 커피의 참상을 바라보면서 멍해졌다. 윗입술이 두 개였던 여자의 그로테스크한 눈과 카디건의 빨간색을 떠올리고 있었다.

간신히 일어나 부엌에서 키친페이퍼를 가지고 와 쏟아진 커피를 닦고 머그컵 파편을 모은 후 행주로 바닥 홈에 흘러 들어간 커피도 닦아냈다. 지칠 대로 지쳤다.

내가 지쳤는지 아닌지 상관없이 시간은 흘러서 출근 시각이 다가왔다.

채비를 하고 집에서 나왔다.

역에 도착해 개찰구를 나가 플랫폼으로 이어지는 계단을 올랐다. 전철이 들어옵니다. 노란색 선 안으로 물러나주십시오, 하고 듣기에도 질린 방송이 나오고 몇 초 후 전철이 왔다.

나를 나라는 사람에서 알파벳 두 자인 OL이라는 기호로 변신시키는 스테인리스 재질의 마법 상자.

문이 열렸다. 연달아 사람이 탔다.

빌어먹을 년. 귓속에서 불쾌한 목소리가 울렸다.

땅에 못 박힌 것 같은 다리가 앞으로 나아가지 않았다.

문이 닫혔다.

상자가 사라져갔다.

아아, 하고 생각했다.

나는 전철을 타고 싶지 않다.

나는 회사에 가고 싶지 않다.

어째서 지금까지 그 사실을 알아차리지 못했을까.

3

베란다에서 바깥을 보고 있었다. 몇 개의 선이 된 석양의 잔해가 서쪽 하늘에서 서서히 뒤섞여 희미하게 사라졌다.

점심 전에 회사에서 전화가 왔다. 고열이 나서 도무지 움직일 수가 없었다고 나는 말했다. 무단결근한 것을 나무라지 않았다. 몸 잘 챙기라고 상사는 말했다. 병균이 옮으면 난감하니까.

아침에 역에서 집으로 돌아와 그길로 한 걸음도 밖으로 나가지 않았다.

평일 점심시간을 집에서 어떻게 보내면 좋을지 알 수 없었다. 바닥에 엉덩이를 딱 붙이고 앉아 있는 사이 저녁이 되었다. 자신의 집인데 편안하게 쉬는 법을 몰랐다. 베란다로 나가서 저녁이 끝나는 순간을 보았다.

긴지 짧은지 알 수 없는 밤이 시작되려고 했다.

마음이 술렁여서 가만히 있을 수 없는 듯한, 그렇지만 움직일 수 있는 기력이 조금도 없는 듯한 느낌이었다.

미야마가 사라지고 나서 혼자서는 낮이든 밤이든 있을 곳이 없었다.

나는 한 사람의 사회인이며 평일에는 일을 하고 많지는 않지만 혼자 생활할 수 있을 정도의 돈을 벌어 제 힘으로 살아가고 있다. 그리 믿어 의심치 않았다. 특별히 누군가에게 칭찬받거나 감탄을 살 만한 일도 업무 능력도 생활도 아니지만, 일상의 작은 괴로움이나 스트레스나 가끔 찾아오는 불규칙한 사건의 축적에 피폐해지거나 짓눌리지 않고 나름대로 강하게 살아가는 사람이라고 생각했다.

하지만 그건 착각이었다.

함께 있던 사람이 사라진 것만으로 모든 것을 견딜 수 없게 되었다.

미야마가 사라진 그 자체의 괴로움 때문이 아니라, 미야마가 있음으로 알아차리지 못하는 사이에 미야마와는 관계없는 곳의 온화한 일상의 괴로움이 내 안에서 급격하게 부풀어올라 부피가 늘어 나를 안에서 짓누르려 하고 있었다.

매일 아침 전철을 타야만 하는 것이나 단조로운 회사 업무나 내가 화장실 칸에 있을 때를 노리고 여사원들이 무리 지어 세면대에서 수다를 펼치는 일, 하루에 몇 번이나 내 어깨를 주물럭대는 남자들이나 퇴근할 때도 아침과 마찬가지로 전철에 타야 하는 일이나 낯선 사람에게 욕설을 듣는 것. 모두 다 치명적인 일은 아니다. 하루하루의 사소하고 번잡한 일에 지나지 않는다. 그 정도 스트레스나 번거로움은 대부분의 사람이 일상적으로 맛보고, 저마다의 방식으로 해결해나가고 있다. 하지만 지금의 나에게는 그것이 불가능하다. 나는 자신의 굳건한 심지가 아니라 자신 말고 다른 누군가를 의지하지 않으면 살아갈 수 없는 인간인데 그 누군가가 사라졌다. 아무래도 상관없다. 전혀 신경 안 쓰인다. 그렇게 자신을 타이르는 횟수가 늘고 타이르고 있는 것 자체가 점점 괴로워지고 있다는 증거다. 미야마가 있었을 적에는 허세가 아니라 정말로 아무렇지 않다고 생각했다.

이대로 미야마가 돌아오지 않는다면 나는 여기서 좌절한 채 분명 더 이상 일어나지 못할 것이다. 나보다 더 괴로운 일을 겪고 있는 사람은 썩어 남아돌 만큼 있다. 그 정도 일로 비실대다니 한심해빠졌다. 미야마도 그런 사람한테는 질려버리겠지.

나는 혼자가 되면 보통 사람보다 몇 배나 약해진다.

미야마는 아마 이제 돌아오지 않을 것이다.

베란다에서 방으로 돌아와 침대에 앉았다가 쓰러져 누웠다.

밤의 입구인 어둠 속에서 잠에 빠져들었다.

*

잠에서 깼다.

바닥에서가 아니라 침대 위에서.

침대 위에서 잠을 깬 것은 상당히 오랜만이다.

나를 깨운 것은 떨어진 충격이 아니라 현관을 두드리는 탕탕탕 하는 난폭한 소음이었다.

반사적으로 미야마라는 사실을 알았다.

이렇게 완벽한 타이밍에 돌아오다니.

벌떡 일어나 세면대에서 잠시 헝클어진 머리를 정리하고 문을 열었다.

미친 새끼야, 너야? 매일매일 쿵쿵거리고 죽여버릴까 보다, 새끼야.

문을 두드린 것은 미야마가 아니라 검은 셔츠를 입은 노란 머리에 체구가 아담한 남자였다. 아마 서른은 넘어 보였다. 발언에서 보건대 아래층 이웃이 틀림없었다.

너 뒤지고 싶냐, 라고 말하면서 남자는 현관으로 쳐들어와 내 멱살을 잡았다. 남자에 대한 공포심이 아니라 미야마가 아니라는 충격의 크기에 말이 나오지 않았다. 저항도 하지 못했다.

남자는 이마와 이마가 들러붙을 만큼 얼굴을 들이대고 큰 소리로 여러 가지 욕설을 퍼부었다. 술을 마신 듯했다.

뒤지고 싶냐, 는 소리를 열 번 정도 듣는 동안에 오히려 조금 냉정해져서 이런 타입의 사람치고 지금까지 용케도 욕하며 쳐들어오지 않았구나, 라고 생각할 여유가 생겼다. 남자의 뒤에 사람이 있었고 뭐라 말하고 있다는 사실을 깨달았다. 관둬. 조금 전부터 몇 번이나 그렇게 들렸다.

고개를 틀어서 남자의 어깨 너머로 보이는 그곳에는 눈이 있을 부위가 새까맣게 칠해진 적갈색 머리카락의 여자아이가 있었다.

그녀는 남자의 옷자락을 잡아당기며 관두라고, 창피하다고 계속해서 말했다. 그러다 나와 눈이 마주치자 딱 멈추었다. 내가 "어섭쇼?"라고 말하는 목소리와 어섭쇼가 "와카바?"라고 말하는 목소리가 겹쳐졌고 다음으로 내가 "와카바?"라고 말하는 목소리가 어섭쇼의 "어섭쇼?"라고 말하는 목소리와 겹쳐졌다.

나는 어섭쇼가 편의점 점원으로서 하는 말 말고 다른 소리를 하는 걸 처음으로 들었다는 사실에 감동하고 있었다.

"좀 관두라니까."

어섭쇼가 남자의 셔츠 자락을 세게 잡아당겼다.

다음 순간 어섭쇼의 몸이 날아가 현관 앞 통로 벽에 등을 박았다. 남자가 어섭쇼의 가녀린 가슴 부근을 걷어찬 것이었다. 남자는 웅크린 어섭쇼가 있는 곳으로 가서 닥쳐, 찌그러져 있어, 이년아, 라고 말하면서 어섭쇼의 뺨을 때렸다. 어섭쇼는 쭈그리고 앉아 얼굴을 지키듯이 고개를 숙이고 머리를 양손으로 감쌌다. 남자는 어섭쇼가 막은 손 위로 몇 번이나 손바닥을 내리쳤다. 너 때문에 말해주고 있는데 그 태도는 뭐야, 찍소리도 못하는 게. 사람한테 기어오르고 있어. 남자의 타깃은 어느새 나에게서 어섭쇼로 바뀌어 있었다.

나는 스스로도 놀랄 만큼 치밀어 오르는 분노를 느끼고 맨발인 채 현관 밖으로 뛰쳐나가 도움닫기를 해서 엉거주춤하게 서 있는 남자의 등에 온 힘을 다해 드롭킥을 먹였다.

착지는 고려하지 않았기에 낙법을 제대로 펼치지 못하고 좌반신을 밑으로 바닥에 떨어졌다. 어깨와 팔꿈치를 콘크리트 통로에 세게 박았지만, 매일 의식하지 못한 사이에 낙하를 반복하고 있던 몸으로 보자면 대수롭지 않았다.

남자는 앞으로 쓰러지다시피 날아가서 통로 난간에 턱을 박았고, 순간 비틀거리다가 벌러덩 자빠졌다.

갑자기 남자의 고함과 공격이 멎었다는 사실을 알아차린 어섭쇼가 천천히 움츠리고 있던 손을 풀었다. 나와 쓰러진 남자를 번갈아 보고 까만색 속에 사라져 있던 눈을 끔벅거렸다. 따귀를 맞은 뺨이 빨갰다.

큰일이다, 너무 과했는지도 모르겠다, 라고 나는 말했다.

삐쩍 마른 어섭쇼를 덮쳐서 때리는 남자의 모습을 보고 순간적으로 머리에 피가 끓어올라 죽여버리겠다는 마음으로 발차기를 날렸다. 벌러덩 자빠졌을 때 뒤통수를 난감한 위치에 박았으면 죽었을지도 모른다.

어섭쇼는 남자의 곁으로 달려가서 요시 짱, 요시 짱, 하고 부르며 뺨을 가볍게 때렸다. 몇 번인가 두드리자 요시 짱은 흐으응, 하고 신음했다. 정신을 잃은 것뿐인 듯했다. 나는 가슴을 쓸어내렸다.

"이 사람, 혹시 어섭쇼의 남자친구야?"

어섭쇼는 아무 말 없이 고개를 끄덕였다.

"미안. 힘껏 걷어차버렸어. 그런데 이런 남자랑은 꼭 헤어져야 해. 어섭쇼, 안 다쳤어?"

여러 번 우려서 싱거워진 티백 같은 어섭쇼의 몸에는 살이 없었다. 남자가 걷어차서 뼈가 부러지지 않았는지 걱정되었다.

"괜찮아"라고 어섭쇼가 말했다. "어섭쇼는 날 말하는 거야."

단조로운 말투에 어미가 올라가 있지 않아서 질문인지 몰랐지만 아마 질문인 모양이었다.

"어섭쇼라고 하니까."

나는 어섭쇼의 흉내를 냈다.

어섭쇼는 살짝 웃었다. 어섭쇼의 미소는 처음 보았다. 수줍은 듯 입꼬리가 올라간 각도와 눈가에 생긴 주름이 귀여웠다.

"저기, 어쩌지?"라고 나는 오니마쓰 어섭쇼의 정면에 서서 말했다. "묻고 싶은 게 많은데."

"나도."

"우리 집에 올래? 여기서 엄청 가까운데."

어섭쇼는 진지한 얼굴로 고개를 끄덕였다.

"이거 어쩌지?" 나는 통로에서 나뒹굴고 있는 요시 짱을 가리켰다. "경찰에 신고해도 돼?"

"안 돼."

"왜?"

"요시 짱, 실은 다정한 사람이야."

어섭쇼는 외양도 어떤 의미에서 전형적이지만, 하는 말도 전형적이었다.

"요시 짱이 없어지면 난 혼자가 되고 말이지."

어섭쇼는 요시 짱의 곁에 쭈그려 앉아 요시 짱의 이마를 어루만지면서 말했다.

"……그 심정은 모르는 건 아니지만" 하고 나는 말했다.

"와카바 씨도 남자친구 있어?" 어섭쇼가 물었다.

"그냥 와카바라고 해도 돼."

어섭쇼는 고개를 살짝 숙이고 부끄러운 듯이 끄덕였다. 어섭쇼도 몰래 나에게 별명을 붙였다는 사실을 알고서 나는 무척이나 기뻐졌다. 와카바. 내가 피우는 담배였다.

"와카바는 남자친구 있어?"라고 어섭쇼가 물었다.

"있다고 생각하고 싶은데 아마 이젠 없을 거야."

"차였어?"

"저기 춥지 않아? 안으로 들어가자."

"요시 짱 그냥 못 둬."

겨울이고 오늘 밤에는 그렇게까지 춥지 않지만 통로에 방치해서 만에 하나 동사하면 분명 곤란하다. 다른 주민이 통로에 자고 있는 사람이 있다고 신고라도 하면 번거롭고 말이다.

"그럼 어섭쇼네 집에 일단 데려다 놓자."

나와 어섭쇼는 요시 짱을 질질 끌어서 계단을 내려왔다.

요시 짱은 남자치고는 덩치가 아담한 편이었으나 여자 둘, 더구나 한 사람이 어섭쇼여서 꽤 버거웠다.

요시 짱의 몸, 주로 허리에서 아랫부분은 계단을 하나씩 내려올 때마다 계단 턱에 부딪쳤다. 남자니까 괜찮겠지. 어섭쇼를 때린 벌이다.

5분 정도 걸려서 겨우 요시 짱을 어섭쇼의 핑크와 하양으로 꾸며진 방까지 옮길 수 있었다. 요시 짱은 태평하게 코를 골기 시작했다.

"이 녀석이 일어나면 날 때리러 올까?"

"아마 기억 못 할걸. 요시 짱은 취하면 필름이 끊겨."

그리고 우리는 내 집으로 갔다.

4

어섭쇼는 내 방 침대에 살포시 앉더니 엉덩이로 한 번 살짝 팅기며 "침대가 커"라고 말했다. "위에 사는 사람이 와카바인 줄 몰랐어."

"저기, 어섭쇼도 평범하게 말하네?"

어섭쇼는 갑자기 말문을 닫더니 고개를 불쑥 떨어뜨렸다. 기분을 상하게 했을지도 모른다고 생각해 다급히 사과하려고 하자 "말하고 싶었는데"라고 어섭쇼가 말했다. "찻집에서 말 걸어줬을 때 말하고 싶었는데 긴장하는 바람에."

"그랬어?"

"옷, 칭찬해줬잖아. 깜짝 놀라서 뭐라 대답해야 좋을지 몰랐어. 고맙다고 하면 됐는데."

어섭쇼는 극도로 낯을 가리는 모양이었다.

"매일 아침 놀라게 해서 미안. 잠버릇이 나빠서 침대에서 떨어져. 오늘 아침엔 정신이 좀 어수선하기까지 해서."

"즐거웠어."

"뭐?"

"모르는 누군가랑 잘 잤어? 하고 인사를 주고받는 것 같은 느낌이 들어서. 오늘 아침에는 두더지 잡기 같았어."

"……특이하네."

"흔히 듣는 말이야."

내가 침대에서 떨어진 충격에 좋아서 밀대로 대답하는 어섭쇼를 상상했다. 기묘한 광경이었다.

무엇으로 천장을 두드리는지 묻자 목검이라고 어섭쇼가 답했다.

핑크와 하양으로 꾸며진 방에서 목검으로 천장을 두드리는 어섭쇼. 더욱더 기묘했다.

"특이하네, 정말" 하고 나는 다시 한 번 말했다.

"흔히 듣는 말이야."

그렇게나 대화를 나누고 싶었던 어섭쇼와 나는 매일 아침 특수한 방법으로 인사를 나누고 있었던 모양이다.

"어섭쇼는 언제부터 여기서 살았어?"

"3년 정도 전부터."

"나랑 거의 비슷하네? 쭉 위아래 층에 살고 있었는데 편의점이랑 찻집에서밖에 안 마주쳤다니 신기하네."

최근 들어 아침에 천장에서 쿵 소리가 나게 되어 위층 이웃이 바뀌었다고 어섭쇼는 생각했던 모양이다.

남자친구가 돌아오지 않고 얼마 지나지 않아 어째서인지 아침 잠버릇이 심해져서 침대에서 떨어진다는 사실을 나는 이야기했다. 어섭쇼는 침대에 앉은 채 인형처럼 가만히 움직이지 않고 가끔 눈만 끔벅이면서 내 이야기를 들었다.

"아무 말도 없이 넉 달이나 돌아오지 않다니 너무해. 제멋대로라고 봐. 헤어지는 편이 나아."

어섭쇼의 말에 나는 흠칫했다. 어쩌면 돌아오지 않을까, 하는 바람에 매달리고 싶은 심정과 돌아오지 않을 것이라는 슬픔이 지나치게 커서 미야마에게 당한 일이 너무하다는 사실에 대해 지금까지 한 번도 생각하지 않았다.

"아마 이미 차였을 거야"라고 나는 말했다. "아니, 어섭쇼 남자친구 쪽이 너무하다는 느낌이 드는데."

"요시 짱은 저래 보여도 다정해."

사람은 자신의 일이 되면 눈에 보이는 게 없어지나 보다.

"그러고 보니 왜 느닷없이 요시 짱이 쳐들어온 거야?"

"우리 집에 놀러 와서 술 마시다가 위층 사람이 아침에 쿵 하니까 쿵 하고 대답해주는 게 재미있다고 말했더니 자기가 말해주겠다면서 갑자기 나가잖아. 요시 짱은 다정하지만 남의 말을 안 들을 때가 있어. 바보라서."

"요시 짱이 늘 때려?"

"가끔."

"때리는 남자는 절대로 자상한 게 아니야."

어섭쇼는 아무 말도 하지 않았다.

어디에서인지 꼬르륵 하는 소리가 났다. 내 배에서 나는 소리였다. 오늘 아침에 커피만 두세 모금 마시고 그 후부터는 아무것도 먹지 않았다.

"배 안 고파?"라고 묻자 어섭쇼는 "안 고파"라고 말했다.

나는 일어나 부엌으로 가서 냉장고 안을 살펴보았다. 최근에는 그날 먹을 건 그날 편의점에서 조리할 필요가 없는 걸 구입하는 생활을 하고 있어서 식재료가 없었다.

거의 텅 비다시피 한 냉장고를 보면서 우동이 먹고 싶어졌다.

"잠시 장 좀 보고 와도 될까?"

"응."

"뭐 사 올 거 없어?"

"없어."

어섭쇼를 남기고 어섭쇼의 편의점에 가서 사리가 세 개 들어 있는 우동을 샀다. 128엔이었다. 돌아오자 어섭쇼가 다녀왔어?라고 말했다.

"다녀왔어."

냄비에 물을 끓여 분말형 다시 조금과 맛간장, 살짝 달짝지근한 게 좋아서 미림을 소량 넣고 우동 사리 두 개를 집어넣었다. 우동 말고는 아무것도 넣지 않았다. 맛간장의 먹음직스러운 향기. 이것을 요리라고 해도 된다면 상당히 오랜만에 하는 요리다.

"우동 끓였어, 안 먹을래?"

어섭쇼는 역시 가냘픈 목을 가로저었다.

나는 사발에 1인분이 넘는, 건더기 하나 없는 우동을 담아 튜브에 든 생강을 조금 넣고 조미료를 뿌려 어섭쇼 옆에서 호로록 빨아들였다. 어섭쇼는 내가 우동을 호로록거리며 씹어 삼키는 모습을 가만히 보고만 있었다. 절반 정도 먹었을 때 부엌에 가서 작은 그릇에 양이 세 입 정도 되는 우동을 덜어 새끼손가락 끝마디 정도쯤 되는 생강을 넣고 젓가락과 함께 어섭쇼 앞에 놓았다.

"꽤 맛있어."

어섭쇼는 그릇에 잠시 시선을 떨어뜨린 채 움직이지 않았다.

나는 하던 식사를 다시 시작했다.

내 방에 내가 내는 호로록 소리가 울려 퍼지고 있었다.

이윽고 어섭쇼는 젓가락을 들고 조심스러운 느낌으로 우동을 한 가닥 집어 올려 2센티미터 정도 입에 넣고서 가만히 껌

욱 씹듯이 오랫동안 입을 움직였다. 그리고 삼켰다, 맛있다고 말했다.

"조미료도 있어."

어섭쇼 앞에 값비싼 브랜드 조미료인 야와타야 이소고로를 내려놓았다.

조미료는 필요 없다고 어섭쇼는 말했다. 그리고 다시 면을 씹었다.

그러고서 잠시 동안 우리는 각자 식사에 몰두했다.

마지막 한 입까지 다 먹고 국물을 후루룩 마셨다. 맛간장을 개발한 사람은 천재다 싶었다.

"오늘은 처음으로 회사를 쉬었어."

어섭쇼는 아직 깨작깨작 우동을 먹고 있었다.

"혼자가 되는 건 싫긴 해. 여러 가지 일이 갑자기 괴롭게 느껴지고."

입안에 있던 우동의 면 토막을 삼키더니 "여러 가지 일이라니" 하고 어섭쇼가 말했다.

"평소에는 그렇게까지 신경 안 쓰이던 일 말이야. 누구든 당연하게 견디면서 지내는 일."

"예를 들어서?"

"아침에도 밤에도 전철을 타야만 하는 거나 남자가 어깨를 주물럭거리는 때라든가 화장실 수다라든가."

"화장실 수다?"

짤막하게 화장실 수다를 설명했다.

"예전에는 완전 태연했는데 내가 엄청 나약해빠졌다는 거 최근에 알았어."

잠시 침묵이 흘렀다.

젓가락을 놓고 어섭쇼가 말했다.

"욕먹는 건 엄청 힘든 일이야. 살아 있을 수 없을 만큼 괴로워."

"……."

"가고 싶지 않다고 생각하는 게 보통이라고 봐."

그 말만 하더니 어섭쇼는 다시 젓가락을 들고 우동을 조금씩 씹기 시작했다. 어섭쇼가 말하는 '가고 싶지 않다'가 '가고 싶지 않다'인지 '살고 싶지 않다'인지 알 수 없었다.[*]

그릇에서 김이 계속 나고 있었다.

긴 시간을 들여 어섭쇼는 세 입 정도 되는 우동을 다 먹었다.

"잘 먹었습니다."

"응."

---

[*] 일본어 '가고 싶지 않다(行きたくない)'와 '살고 싶지 않다(生きたくない)'는 각각 '이키 타쿠나이'로 읽혀 발음이 동일하다.

"엄청 맛있었어."

"그래."

어섭쇼는 침대에서 일어나 바닥에 쿠션을 깔고 앉아 있던 내 곁으로 와서 나를 안아주었다.

"와카바가 유난히 나약한 게 아니야."

어섭쇼의 몸은 단단하고 가슴은 평평해서 가슴이라는 느낌이 들지 않았다. 나도 어섭쇼의 어깨에 팔을 둘렀다. 뼈를 직접 끌어안고 있는 것 같았다.

"누구든 혼자가 되면 못 견뎌"라고 어섭쇼가 말했다. "자신만 믿고 살아갈 수 있는 사람은 거의 없어. 난 내 힘을 의지하고 살아가려고 하면 바로 몸속이 뚝뚝 부러져서 서 있을 수 없게 돼. 실은 좀 더 번듯하고 제대로 된 인간이 되고 싶지만."

어섭쇼는 내 어깨를 데우듯이 연달아 손바닥을 움직여 문질러주었다. 어섭쇼의 손바닥은 무척이나 차가웠다.

어섭쇼의 손, 차갑네, 라고 나는 말했다. 실은 손뿐만이 아니라 밀착된 몸 전체가 차가웠다. 인간의 골격 표본과 끌어안고 있는 듯해서 솔직히 조금 무서웠다. 그런데도 분명 지금 나는 사람을 끌어안고 동시에 안겨 있다는 따스한 실감이 미야마와 서로 알몸인 채 끌어안고 있을 때보다 몇십 배나 더 강하게 들었다. 그 사실이 불가사의했다.

"몸무게를 늘려서 체온을 높이라는 소리를 의사 선생님한테 늘 들어"라고 어섭쇼는 말했다.

"나도 그게 좋다고 봐."

"우동을 먹었더니 배가 따듯해졌어."

"우동은 위대해."

"우동이 맛있다는 걸 오늘 처음 알았어."

"아마 어섭쇼가 맛있다는 사실을 모르는 음식이 많을 거야."

"그럴까?"

"소바도 맛있고 라멘도 맛있어."

"라멘은 예전에 좋아했어."

우리는 잠시 동안 끌어안고 음식 이야기를 했다. 그러다 어느새 동물 이야기가 되었고 동물 이야기를 하는가 싶더니 가보고 싶은 나라 이야기를 하고 있었다. 어디에서 화제가 전환되었는지 알아차릴 수 없을 만큼 이야기가 매끄럽게 옮겨 갔다. 오늘 처음으로 이야기를 나눈 느낌이 들지 않았다.

밀착하고 있던 몸을 떼어내고 어섭쇼의 얼굴의, 두 개의 검정 속에 자리한 눈을 보았다. 어섭쇼도 나를 보고 있었다.

"친구가 생긴 것 같아"라고 어섭쇼는 말했다. "중학교 이후 처음이야.”

“어섭쇼는 지금 몇 살이야?”

“스물여덟.”

“어, 스물……”

“스물여덟.”

“진짜요?”

“와카바는?”

“스물넷이에요.”

“요?”

“아니, 그게.”

“존댓말은 됐어”라고 어섭쇼가 말했다.

“알겠어”라고 나는 말했다.

“슬슬 돌아가서 자야지.”

“응, 지금 몇 시지?”

요시 짱 때문에 깨고 나서 한 번도 시계를 보지 않았다.

새벽 1시. 잠들기에 딱 좋은 시간이다.

현관까지 어섭쇼를 배웅했다.

“맞다. 어섭쇼, 폰 번호 알려줘.”

“왜?”

“왜라니. 연락 주고받고 싶으니까.”

"나랑 와카바는 전화번호가 필요 없잖아."

"일일이 인터폰 누르는 거 귀찮아."

"침대에서 떨어지면 되잖아. 난 목검으로 천장 두드릴게."

"어섭쇼, 특이하네."

"흔히 듣는 소리야."

"너무 쿵쿵거리면 옆집에서 항의 들어올지도 몰라."

"그럼 그때 전화로 바꿀게."

"뭐 상관없지만."

"또 봐, 와카봐."

어섭쇼가 샌들을 신고 현관 밖으로 나갔다. 그 등에다 대고 잠시만, 하고 말을 걸었다.

"어섭쇼, 이름이 뭐야?"

"오니마쓰. 세 보여서 꽤 마음에 들어."

"그건 알아. 성 말고 이름 말이야."

"와카바, 잠이 덜 깬 거야?"

"응?"

"어섭쇼. 외국인 같아서 꽤 마음에 들어."

"아, 그래?"라고 나는 말했다. "근사한 이름이네, 오니마쓰 어섭쇼."

"응, 와카바도 이름이 근사해. 패키지랑 마찬가지로 귀여워."

"고마워."

"잘 놀다가 가. 푹 쉬어."

우리는 서로 새로운 이름을 붙여주고 일단 헤어졌다.

부엌에서 밥공기와 그릇과 젓가락 두 개와 냄비를 씻었다.

이를 닦고 세수를 하고 침대로 들어갔다. 샤워는 자고 일어
나서 아침에 하자.

불을 끄고 침대에 들어가 웅크렸다.

있어주기만 해도 좋다고 생각한 사람이 내 곁에서 떠났고
새로운 친구가 생겼다.

암흑 속에 누워 그 새로운 친구의 몸에서 느낀 딘딘함과 차
가움을 떠올리며 조금씩 잠에 빠져들었다.

새로운 아침은 분명 침대 위에서 맞이할 수 있을 것 같은
느낌이 들었다.

종말의 아쿠아리움

오쿠다 아키코

오쿠다 아키코 奧田亜希子

1983년 아이치현에서 출생했다. 아이치대학 문학부 철학과를 졸업한 후 2013년
《왼쪽 눈에 비치는 별》로 제37회 스바루문학상을 수상하며 데뷔했다. 다른 저서
로는 《투명인간은 204호실 꿈을 꾼다》, 《패밀리 레스》, 《별 다섯 개를 줘》, 《리버
스 & 리버스》, 《청춘의 조커》, 《마법이 풀린 후에도》가 있다.

귀를 쫑긋 세우고 문 건너편에서 소리가 나지 않기를 기다리는 동안이 지금의 가오에게 있어서 하루 중 제일 긴 시간이었다. 울리는 소리에서 남자의 것이라고 알 수 있는 발소리가 서서히 작아졌고 옆 엘리베이터가 움직이기 시작한 지 몇십 초, 바깥은 시간이 멈춘 것처럼 조용해졌다. 만약을 위해 차 엔진 소리가 아파트에서 멀어지는 것을 또다시 청각을 예민하게 만들어 확인한 후 가오는 마침내 귤에서 손을 뗐다.

현관문을 열고 1월의 차가운 바람에 몸을 움츠리면서 인터폰 밑에 설치한 택배 박스의 맹꽁이 자물쇠를 풀었다. 도어록이 없는 공동주택이나 단독주택에 편리하다고 인터넷에서 발견해 반년 전에 구입한 것이다. 안주머니에는 인감을 넣어놓고 있어서 배달원이 직접 수령 도장을 찍게 하고 있었다. 무슨 일이 있었을 때 책임질 수 없다고 업자 중에는 이런 식의 이용을 인정하지 않는 곳도 있는 모양이지만, 다행히 이 구역을 담당하는 배달원은 신경 쓰지 않는 듯했다. 놓아둔 이튿날부터 올바르게 사용되고 있었다.

"영차."

안에서 아담한 상자를 꺼내 방으로 돌아왔다. 그대로 화장실로 가서 변기 위에 상자를 놓고 발라놓은 테이프를 잡아 뜯다시피 상자를 열었다. 상자 내용물은 새 전구다. 어젯밤에 볼일을 보고 있을 때 갑자기 불이 나가 다급히 인터넷 사이트에서 주문한 물건이다. 어두워지기 전에 도착해서 다행이라고 가오는 살포시 안도했다.

이번에는 벽장에서 발판을 가지고 와 천장의 전구를 뺐냈다. 고막을 끼익끼익 긁는 듯한 소리에 닭살이 쫙 돋았다. 이제 막 도착한 전구를 대신 끼우고 켜지는지 안 켜지는지 체크했다. 좁은 화장실에 온화한 오렌지색 빛이 퍼졌다. 이걸로 오늘 해야 할 일은 끝났다. 발판과 다 쓴 전구를 정리하고 가오는 거실 소파에 다시 앉았다.

낮은 테이블에 올려둔 귤에 다시 손을 뻗어 우묵한 바닥에 엄지를 세웠다. 이 에히메산 귤은 외피도 내피도 얇고 달달해서 먹기 쉽다. 식품은 회원 등록을 한 식재료 배달 업자 사이트에서 일주일 분량을 적당하게 뭉뚱그려 구입하고 있다. 엊그제 이 배달원이 왔을 때도 가오는 역시 집을 비운 척했다. 집에 아무도 없다고 판단하면 배달원은 접이식 바구니나 드라이아이스가 들어 있는 발포 스티로폼 상자에 식품을 담아 문 앞에 놓고 간다. 배달 트럭이 사라지고 나서 상자를 집에 들이면 사람과 1초도 얼굴을 맞대지 않고 물건 구입을 마칠 수 있다.

요 반년 동안 가오는 혼자서 외출하지 않았다.

졸업하자마자 일하기 시작한 회사는 2년 전에 관뒀다. 친구가 만나자는 연락도 여름 이후에는 모두 거절하고 있다. 평일에 가오는 잠자기와 텔레비전 보기와 인터넷의 바다 떠다니기를 반복하며 오로지 데쓰히로의 귀가만을 기다렸다. 텔레비전을 보다 질리면 스마트폰을 들었고, 스마트폰이 뜨거워지면 다시 텔레비전을 켰고, 시신경에 피로감을 느끼면 소파에서 꾸벅꾸벅 졸았다. 그리하여 밤까지 기나긴 시간을 보내고 있었다.

귤을 다 먹고서 가오는 텔레비전을 켰다. 오늘은 전구 말고는 아무것도 오지 않을 예정이었다. 안심하고 소리를 크게 올렸다. 집에 없는 척하는 동안에는 아무래도 소리에 신경이 곤두선다. 들킨다 한들 상대가 화를 내는 일은 없을 거라고 머리로는 이해하고 있어도 아파트 앞에 트럭이 정차하는 것을 귀가 감지한 순간부터 몸을 몇 센티미터 움직이는 것조차 꺼려졌다.

어느새 잠든 모양이었다. 현관문 열리는 소리로 가오의 눈이 떠졌다.

"다녀왔어."

가오가 몸을 일으키는 것과 동시에 거실 불이 켜졌다. 급격하게 밝아진 시야에 뇌가 혼란스러워하고 있는 모양이다. 주위를 둘러보고 반복해서 눈을 깜박여 가오의 눈은 겨우 데쓰히로의 모습을 받아들였다. 데쓰히로는 코트를 입은 채 베란다로 이어지는 창문 커튼을 닫고 있었다. 가오는 그 등에다 대고 다녀왔어? 하고 말을 걸었다.

"다녀왔어. 가오, 소파에서 자는 건 좋은데 이불이나 담요는 덮는 편이 낫지 않을까? 그러다 감기 걸려."

돌아본 데쓰히로는 학생에게 설교하는 선생님 같은 투로 말했다.

"흐음, 잘 생각은 아니었으니까."

"저녁 사 왔어. 부엌에 올려뒀어. 메시지를 읽었다는 표시가 없어서 할인 상품으로 적당히 골랐는데 중화덮밥이랑 오야코덮밥*, 어느 쪽이 좋아?"

"데쓰는?"

"흐음, 중화덮밥이려나."

"그럼 나도 중화덮밥이 좋아."

"어? 그래? 그럼 내가 오야코덮밥으로 먹을게."

데쓰히로는 눈썹꼬리를 살짝 내리고 콧등을 두세 번 긁적였다. 예상대로의 반응이다. 그 얼굴을 볼 수 있다는 사실에 만족한 가오는 데쓰히로가 실제로 오야코덮밥을 들기 전에 손바닥을 흔들어 말을 철회했다.

"농담이야. 나, 오야코덮밥 먹을래."

"정말?"

"응, 때마침 부모 자식**을 뭉뚱그려 씹어 먹고 싶은 기분이야."

"그거 정말 잔혹한 기분이네."

하하하하, 하고 웃더니 데쓰히로는 실내복으로 갈아입으려고 침실로 들어갔다. 가오는 부엌으로 가서 우선은 중화덮밥을 전자레인지에 넣었다. 데쓰히로는 뜨거운 걸 잘 못 먹는다. 둘이서 식사거리를 따로 데울 때는 데쓰히로가 먹을 것을 우

※ 일본식 닭고기 계란 덮밥.
※※ 오야코(親子)는 우리말로 부모와 자식을 뜻한다.

선시하는 게 효율적이다. 몸을 움직이는 동안에 머리 회전수가 올라가서 가오는 찬장에 인스턴트 국이 남아 있다는 사실을 떠올렸다. 머그컵을 싱크대에 두 개 나란히 놓고 작은 냄비로 물을 끓였다. 환풍기를 틀기만 해도 한겨울에는 실내 온도가 급격히 내려간다. 가오는 가스레인지의 불에 손을 쬐었다.

파란색 트레이닝복으로 갈아입은 데쓰히로가 부엌 입구에 나타났다. 냉장고에서 발포주 캔을 꺼내더니 "오늘은 뭐 했어?"라고 아무렇지 않은 투로 물었다. 데쓰히로는 가오가 종일 집에 틀어박혀 있다는 사실을 모른다. 잠시 생각하고 나서 화장실 전구를 갈아놨다고 대답했다.

"오오, 대단해, 대단해. 우리 와이프 멋진걸?"

데쓰히로의 손가락이 캔 마개를 땄다. 푸슉, 하고 기분 좋은 소리가 들렸다. 그때 전자레인지에서 울리는 짧은 멜로디가 주방에 흘러 중화덮밥이 다 데워졌다는 사실을 알렸다.

주말, 가오와 데쓰히로는 점심을 먹고 외출했다.

하늘은 물색으로 칠해진 것처럼 개어 있었다. 가오에게 있어서는 일주일 만의 외출이었다. 하늘이 오싹할 정도로 널찍하게 느껴졌다. 북쪽에서 불어오는 바람이 싸늘했지만 두 사람의 위는 우동전골로 가득 차 있어서 그게 몸을 안쪽에서 데

위주고 있었다. 잡고 있던 손과 손 사이는 온실처럼 은은하게 무더웠다.

두 사람의 발걸음은 근처 수족관으로 향하고 있었다. 아로 와나가 보고 싶다고 데쓰히로가 말을 꺼내서였다. 가게 외관은 낡아서 페인트가 벗겨져 있었고 매장 면적도 넓지는 않지만, 생물을 다루는 솜씨는 훌륭했다. 금붕어에 메기에 양서류인 우파루파. 그중에서도 열대어는 그것만으로 코너가 형성되어 있을 만큼 상품을 갖추고 있었고 몸길이 50센티미터가 넘는 아로와나나 둥글고 납작한 형태에 현대 예술을 두른 듯한 원반 수조도 있었다.

"어서 오세요."

입구 옆에서 수초를 손질하던 점원이 가오와 데쓰히로를 보고 고개를 살짝 숙였다. 투박한 안경을 낀 그는 언제 가게를 방문해도 일하고 있다. 나이는 우리와 비슷한 서른 초반일 듯했다. 늘 무표정에 손님을 상대하고 있을 때도 목소리에 억양이 없다. 사람보다 물고기 쪽을 더 좋아할지도 모른다고 가오는 남몰래 생각했다. 그렇다면 그 심정은 이해하지 못하는 것도 아니다.

앞으로 열흘이면 데쓰히로와 결혼한 지 4년이 된다. 그때까지 가오는 생물 전반에 무관심했다. 개도 고양이도 무슨 생각을 하는지 알기 힘들어서 접하고 싶은 욕구가 생기지 않았다. 포유류 이상으로 감정이입을 하기 힘든 어류나 파충류는 징그럽다는 생각마저 들었다. 흥미가 생기는 법조차 전혀 감이 오지 않았다.

한편 데쓰히로는 본가를 나오고 나서는 아무것도 기르지 않았지만 소년 시절에는 강이나 늪에서 잡은 것을 닥치는 대로 길렀던 모양인지 가끔 관상 목적으로 이 가게에 발걸음을 옮길 정도로 물고기를 좋아한다. 그런 그와 함께하는 동안 가오도 조금씩 물고기에 관심이 생겼다.

물고기의 재미있는 점은 뭐니 뭐니 해도 물속에 있다는 것이다.

수조가 빼곡하게 늘어서 있는 공간은 정화 장치나 히터 열로 남국처럼 따뜻하다. 숨을 깊이 들이쉬면 기관이 결로할 것 같은 감각이 덮친다. 각각의 수조를 비추는 라이트 말고 다른 조명은 없어서 파란색이나 흰색의 인공 빛을 받아 모든 물고기가 조용히 발광하고 있는 것 같다.

마치 수조 하나하나가 스테이지로 물고기들은 스포트라이트를 받는 연기자 같다.

수조에 손을 갖다 대도 당연히 물고기에는 닿지 않는다. 이쪽이 아무리 뜨거운 시선을 보내도 안에는 결코 전해지지 않는다. 그와 그녀들은 아무 간섭도 받지 않고 꼬리지느러미를 나부끼고 가슴지느러미를 흔들며 계속 헤엄친다. 물 안쪽과 바깥쪽은 유리보다도 두꺼운 무언가로 결정적으로 나눠져 있다.

물고기 한 마리가 가오 앞을 지나갈 때 주머니 안에서 스마트폰이 진동했다. 인상을 찡그리고 그것을 꺼내 화면에 시선을 떨어뜨렸다. 전화였다. 오자키 마히로라는 여섯 글자를 확인한 순간, 아주 작은 숨이 가오의 입술에서 새어 나왔다. 못본 척하고 우선 스마트폰을 주머니에 다시 넣었다. 진동은 얼마 지나지 않아 멈췄다.

아로와나를 보고 있었을 터인 데쓰히로가 좁은 통로 끝자락에서 고개를 내밀었다.

"아, 있다, 있어."

데쓰히로는 가오의 곁에 서더니 정면에 있는 수조를 보았다.

"가오는 구피를 정말 좋아하네. 자주 여기에 있는 걸 보니."

"흠, 그런가? 딱히 의식한 적은 없는데."

"길러볼래? 구피라면 그렇게 안 어려워. 아니, 돌보는 건 내가 하게 될 거고."

"안 길러. 지금도 선인장 돌보느라 바쁜데, 더 늘리면 어쩌자는 거야."

가오는 웃으며 대답하고 나서 "데쓰는 옛날에 길러봤었지?"

라고 덧붙이고 고개를 갸웃거렸다. 데쓰히로는 미간을 한 번 긁적이고 고개를 끄덕였다.

"구피? 길러봤지."

"늘었지?"

"늘었지, 늘었어."

"엄청난 기세로 늘지 않았어?"

"수조 안이 구피로 가득해졌지."

"그러다 어느 날 한꺼번에 죽어버렸지?"

자주 반복하는 대화다. 웃어서는 안 된다고 생각해도 수조 앞에서 망연자실하고 있을 소년 데쓰히로가 머릿속에 떠오르면 가오는 늘 웃음을 터뜨리고 만다. 가여운 모습이 우스꽝스럽고 웃겨서 사랑스럽다. 일단은 가오의 애정 표현이라고 알고 있는지 너무해, 라고 대답하는 데쓰히로의 말투도 부드러웠다.

"아로와나는 이제 다 봤어? 누시는 아직 있어?"

가게에 있는 다섯 마리 중 제일 큰 아로와나에게 두 사람은 누시라고 별명을 붙여주었다.

"누시, 있었어."

"벌써 3년이나 있었네, 누시는."

"음, 30만 엔이나 하니까. 어지간해서는 사려는 사람이 안 나타나겠지.”

“한 마리에 우리 집 식비 반년 치야.”

환산 방법이 오싹하다고 데쓰히로가 작게 쓴웃음을 지었다.

“이제 갈래?”

“응, 아로와나를 봐서 만족스러워. 가자.”

데쓰히로의 손은 왔을 때만큼은 뜨겁지 않았고 피부도 건조했다. 도중에 바깥의 추위가 뼈에 스며드는 듯 느껴져서 가오는 가는 길에 있던 자판기에서 따듯한 레몬에이드를 샀다. 달달한 꿀이 혀를 뒤덮고 레몬의 상큼한 향기가 코를 찔렀다. 데쓰히로와 교대로 마시지 280밀리리터짜리 캔은 금세 비었다.

내용물이 사라진 따듯한 음료 용기는 어느새 차가워졌다. 조금 전까지만 해도 뜨거울 정도였는데 갑자기 시체를 건드리고 있는 듯한 감각에 사로잡혀 가오는 데쓰히로의 주머니에 빈 캔을 쑤셔 넣었다.

“아, 진짜, 방해가 된다고 이러기야?”

데쓰히로의 비난을 가오는 일부러 시선을 돌려 피했다.

아파트 앞에 도착하자 두 사람은 엘리베이터를 타고 3층으로 올라갔다. 데쓰히로의 열쇠로 현관을 열었다. 스니커즈를 벗으면서 가오는 다녀왔습니다, 라고 말할 때와 마찬가지로 태연한 목소리로 닷초라고 말했다. 아무 의도도 없이 생각보다 먼저 입에서 나온 말이었다.

이어서 데쓰히로가 닷초라고 소리를 높였다. 하지만 첫 번째 음은 또렷한 목소리로 나왔지만, 후반에는 명백하게 말꼬리가 흐려졌다. 더구나 마지막 발음이 미묘하게 새된 소리로 나왔다. 가오는 돌아보고 데쓰히로의 얼굴 밑에서 들여다보았다.

"지금 내 말에 덩달아서 닷초라고 했지만 말하면서 닷초가 뭔가 싶었지?"

"어떻게 알았어?"

데쓰히로의 눈이 휘둥그레졌다.

"알지, 그럼."

가오는 깔깔대며 웃었다.

데쓰히로를 곤란하게 하고 당혹스럽게 만드는 일은 가오에게 최고의 기쁨이었다. 눈썹꼬리를 늘어뜨리고 서글픈데도 어딘지 모르게 웃고 있는 듯한 그 표정을 보면 인파 속에서 자신을 찾아준 것 같은 기분이 들었다. 안도감에 휩싸여 깊디깊은 숨을 쉴 수 있었다.

자신에게 가학적인 취미가 있다고 느낀 적은 없다. 연인이었을 때는 더 평범하게 사귀었었다. 데쓰히로와는 대학에서 같은 연구수업을 들어 다 같이 작업을 하거나 놀러 나가기도 하는 사이에 친해져서 어느 날 사귀자는 고백을 들었다. 여름에는 불꽃놀이를, 겨울에는 일루미네이션을 보러 갔다. 문자 메시지를 보내는 타이밍이나 데이트 일정으로 다투거나 자신만 늘 사과하고 있는 듯한 기분이 들면 그런 걸로도 투닥거리기도 하는, 참으로 지인과 친구 말고 흥미를 가질 틈이 없는 아주 지극히 일반적인 커플이었다.

부부가 되어 같이 살기 시작했던 게 모든 것의 시작이었던 듯하다. 그때까지 각자 본가에 살고 있어서인지 실제로 결혼 생활을 시작할 때까지 좋아하는 사람과 함께 산다는 게 어떤 것인지 가오는 잘 몰랐다. 같은 화장실을 쓰거나 창밖에 서로의 속옷이 널려 있거나 의외로 어색한 일을 겪게 될지도 모른다고 예상했지만, 전혀 달랐다. 데이트라는 비일상이 아니라 생활이라는 일상을 파트너와 공유하는 것은 여러 겹 껴입은 옷을 하나씩 벗어가는 행위와 비슷했다.

정신적으로 알몸에 도달한 가오에게 일하러 갈 의욕은 남아 있지 않았다. 까다롭다는 평판이 자자한 간부를 담당하게 되어 보람과 자부심을 느끼고 있던 비서라는 직업도, 출근하기 위해서 매일 아침 직업에 맞는 옷을 입을 필요가 있다는 사실을 생각하면 갑자기 어리석게 여겨졌다. 퍼즐처럼 스케줄을 빈틈없이 짜는 것도, 담당하는 간부의 취향대로 커피를 타는 것도 이미 아무래도 상관없었다.

　그러다 가오는 정신이 들었다. 사람을 신경 써가며 그 자리에 적합한 행동을 할 수 있다는 자신의 장점은 결코 본성이 아니었다. 매너나 룰이라고 불리는 것을 실행하고 있음에 지나지 않았다. 진짜 자신은 제멋대로에 고집스럽고 남을 돌보기보다도 한껏 돌봄을 받고 싶었다.

　가오는 종종 데쓰히로를 곤란하게 만들려고 자고 있던 그를 흔들어 깨운다. 그러고는 의식이 몽롱한 데쓰히로에게 아무래도 상관없는 몇 가지 질문을 몰아 던진다.

　"단거 이제 평생 안 먹을 거지?"

　"물고기 귀엽지?"

　"오늘 저녁 맛있었어?"

　질문은 반드시 긍정이나 부정 두 가지로 대답할 수 있는 형태이다. 응, 이라고 목소리를 쥐어짜내거나 칭얼거리듯이 고개를 내젓거나 해서 데쓰히로는 가오의 물음에 답했다. 그가 잠기운을 못 이겨 한 번이라도 본심과 다를 법한 대답을 하면 가오의 목적은 달성된다. 이튿날 잠에서 깬 데쓰히로에게 어젯밤 단거는 이제 평생 안 먹는다고 선언했지?라고 말하면 그 난처해하는 얼굴을 곧장 맞닥뜨릴 수 있었다. 그런 적 없어, 그런 소리 한 적 없다고, 라며 침대에서 서로 장난치듯이 티

격태격하는 것도 즐거웠다.

하지만 데쓰히로는 가오에 관한 질문에서만큼은 절대로 오답을 하지 않았다.

"나 싫어하지?"

"……아니."

"그럼 좋아해?"

"……응."

실은 나 싫어하지?라고 물어서 데쓰히로를 놀리고 싶은 가오는 기쁨보다도 분한 마음을 강하게 느낀다. 실수로라도 싫다고 말해주면 옛날처럼 자상하게 대해줄 수 있을지도 모르는데, 라고 생각했다.

"저어, 데쓰. 나 만나서 좋아?"

"……응."

비정기적으로 한밤중에 펼쳐지는 질의응답을 데쓰히로는 전혀 기억하지 못한다. 모두 그의 무의식 속에서 벌어진다. 그래서 어떤 대답도 나만의 것이다. 그 사실이 가오에게는 무척이나 기뻤다.

한 번 깼다가 다시 잠들고서 깨어났더니 방 시계가 10시를 지나고 있었다. 데쓰히로는 이미 출근한 모양인지 침대 옆자리는 비어 있었다. 가오는 스마트폰으로 손을 뻗어 느릿느릿하게 메신저 앱을 켰다. 이틀 전에 온 착신을 방치하고 있던 차에 어젯밤에 마히로에게서 메시지가 와 있었다. 이제 겨우 입덧도 나아졌고 오랜만에 보고 싶어, 나라면 가오의 힘이 될 수 있을 거야, 라고 쓰여 있는 글을 가오는 다시 한 번 더 훑어보았다. 아무래도 꿈은 아니었던 모양이다.

마히로와는 데쓰히로와 마찬가지로 대학 시절에 같은 연구 수업을 듣던 친구였다. 2년 전 도심의 대형 서점에서 우연히 재회한 이후로 몇 달에 한 번씩 점심을 같이 먹고 있다. 마히로도 일을 이제 막 관둬서 때마침 평일 점심에 만날 수 있는 친구를 찾고 있었다고 한다. 대학생 때는 묘하게 깐깐하게 구는 면이 많아서 그다지 호감 가는 인상은 아니었지만, 둘이서 만나보니 예상 외로 이야기가 활기를 띠었다. 그녀도 남편과 사이가 좋은 모양이어서 무신경하게 남편 자랑을 늘어놓게 될지도 모른다고 신경 쓰지 않고도 데쓰히로의 이야기를 할 수 있어서 즐거웠다.

반년 전 그런 마히로에게서 임신 소식을 들었다.

뒹굴대면서 임신 8개월 무렵의 태아의 모습을 포털사이트에서 검색하고서 오오, 하고 생각했다. 측정 체중은 2킬로그램도 되지 않는 모양이다. 내장기관이나 중추신경도 완성되어서 폐호흡 연습이 시작된다고 한다. 태동도 서서히 격렬해지는 모양이다. 모르는 누군가의 초음파 사진을 확대시켜 보자 얼굴 모양이 꽤 인간다워져 있었다.

그길로 산달 페이지까지 훑어보고 가오는 마침내 침대에서 일어났다. 부엌에서 맨 식빵을 갉아 먹으며 우유 한 잔을 마셨다. 거실로 옮겨 가서는 이번에는 소파에 앉아 바구니에 남아 있던 귤을 먹었다. 과즙에 젖은 손을 티슈로 닦으면서 방 안을 멍하니 바라보았다.

물고기는 없지만 둘이 사는 방 두 개에 거실과 식당과 부엌이 딸린 이 집에는 식물이 여기저기 놓여 있었다. 텔레비전 옆에는 선인장이, 쓰레기통 옆에는 산세비에리아가, 부엌 선반에는 인삼벤자민과 파키라가, 각각의 크기에 맞는 화분에 반신을 묻고 천장을 향해 줄기를 뻗거나 잎이 중심에서 사방으로 뻗어나갔다. 결혼 축하 선물로 관엽식물을 받은 것을 계기로 데쓰히로가 새로 시작한 취미였다.

초심자가 키우기 쉬운 종류를 골랐다고는 하지만, 데쓰히로가 물을 주거나 때로는 화분을 옮겨 심어가며 보살피고 있는 식물은 하나같이 초록에서 윤기가 났다. 선인장이 자라는 것을 처음으로 확인했을 때 가오는 내심 놀랐다. 아마추어의 손길에 크게 자랄 거라고는 전혀 생각지 못해서였다.

"있잖아, 왜 나무랑 꽃을 키우는 거야?"

결혼한 지 1년 반이 지났을 무렵 가오는 베란다에서 바쁘게 산세비에리아의 포기를 나누는 데쓰히로의 등에다 대고 물었다. 말하면서 어리석은 질문이구나 싶었다. 상대가 친구였다면 조금 더 말을 신중하게 골랐을지도 모른다. 식물을 키우는 즐거움은 뭐야, 라든가 어떤 기준으로 키우는 종류를 고르고 있어, 라든가 되도록 형식을 갖추었을 것 같다. 하지만 여기에는 자신들밖에 없다고 생각하자 그런 포장도 귀찮게 여겨졌다.

"재미있으니까."

돌아온 대답도 담백했다.

"저기, 먹을 수 있는 식물이라면 그래도 이해하겠는데, 그런 큰 조릿대 잎 같은 걸 키워서 뭐가 재미있는지 전혀 이해 못하겠어."

데쓰히로가 돌아보더니 가오의 눈을 보고 웃었다.

"식물은 물고기랑 조금 닮았어. 즐거워하는지 슬퍼하는지 알기 쉬운 반응이 없어서 그만큼 일방적으로 수고를 들여야 하는 점이 재미있지. '가키야, 넌 참 다정해'라는 소릴 들을 때가 있는데, 난 상대를 즐겁게 해주고 싶은 게 아니라 상대가 편안하게 있을 수 있도록 정돈하는 걸 좋아해. 식물을 키우게 되면서 마침내 알아차렸지."

금융계 일을 하고 있는 건 아무리 생각해도 실수지만, 이라고 농담이라고도 진담이라고도 할 수 없는 투로 데쓰히로는 투덜거렸다.

"이상한 취미야."

"그런가? 생물이 그 생물답게 편안하게 지내는 모습을 보는 게 즐거워. 엄청 두근거려."

가오는 데쓰히로의 뺨을 검지로 쿡쿡 찔렀다.

"구피는 죽게 한 주제에."

"그건 할 말이 없네."

얇게 썬 양파와 닭고기를 냄비에 볶고 거기에 순무를 넣었다. 잎은 먹기 직전에 넣는 게 아삭아삭해서 씹는 맛을 남게 하는 비법이다. 재료가 자작하게 잠길 정도로 냄비에 물을 붓고 가볍게 끓이다가 통조림 화이트소스를 넣었다. 빈 깡통에 냄비 내용물을 조금 다시 부어서 가에 묻은 소스를 녹여 다 사용하는 것도 잊지 않는다. 콩소메*나 소금, 후추로 간을 맞추고 불은 최대한 낮춘다. 순무는 잘 익는다. 방심하고 있으면 눈 깜짝할 사이에 흐물흐물해진다.

＊ 맑은 고깃 국물.

때로는 집안일도 한다. 절대로 아무것도 하지 않겠다고 다짐하는 것은 매일을 제멋대로 보내겠다는 마음에 오히려 반하고 있다는 기분이 들어서 시행착오를 겪은 결과 이 형태로 자리 잡았다. 오늘 메뉴는 몇 시간 전에 식재료 배달 업자로부터 받은 순무와 닭고기를 보고 생각난 크림스튜였다. 요리는 집안일 중에서도 좋아하는 편이다. 하고 싶지 않을 때는 하지 않겠다고 정하고 나서 더욱 좋아졌다.

　졸아들기를 기다리는 동안에 저녁 했어, 라고 데쓰히로에게 메시지를 보냈다. 데쓰히로가 반찬을 사 오지 않도록 하게 저녁을 차릴 때는 반드시 연락을 한다. 때마침 일손이 비어 있었는지 답장은 바로 왔다. 기대되네, 라는 말과 웃는 얼굴 이모티콘이었다. 이어서 받은 메시지에는 케이크를 사서 돌아가려는데 뭐가 좋냐고 적혀 있었다. 치즈케이크, 라고 가오가 입력하려고 하던 그때 손안에서 스마트폰이 진동했다. 아차, 싶었을 때는 늦어서 가오의 손가락은 통화 버튼을 누르고 있었다.

　"가오? 아, 다행이다, 드디어 받아줬네."

　스마트폰을 얼굴에서 뗀 상태로도 상대의 목소리는 또렷하게 알아들었다. 1, 2초 가오는 멍하니 있었지만, 이윽고 숨을 크게 내쉬고 오자키 마히로의 이름이 표시된 액정 화면을 귀에 댔다.

"오랜만······이네."

"가오한테서 연락이 전혀 없어서 나 걱정했어."

"······미안."

어째서 내가 사과해야 하나 생각하면서 우등생이라고 불리던 시절의 영향으로 가오는 대답했다. 남이 친절을 베풀어주면 감사 인사를 할 것. 누군가에게 민폐를 끼쳤을 때는 사과를 할 것. 그것 말고도 부모님이나 선생님, 도덕 교과서에서 배운 사회를 살아가는 사람으로서의 마음가짐을 가오는 정말이지 오랫동안 완벽하게 지켜왔다.

"아니, 괜찮아. 나야말로 그때는 미안했어."

한숨을 섞어가며 마히로는 대답했다.

"가오의 심정도 생각 안 하고 그만 말이 지나쳤어. 몸 상태가 별로 안 좋기도 해서 짜증이 났었나 봐."

삶의 방식에 생산성이 없다고 남을 일방적으로 단죄한 것이 미안하다는 한마디로 해결되는 걸까. 가오는 멍하니 생각했다. 하지만 이제 와서 마히로와 옥신각신할 마음은 없었다.

"그건······ 됐어. 나랑 있었던 일은 이제 신경 쓰지 않아도 되니까."

"그럴 순 없어. 그게 가능하겠어? 저기 말이야, 오늘은 내가 다니는 병원을 소개시켜주고 싶어서 연락했어. 보통은 어지간

해선 예약을 잡기 힘든데, 그게 말이야, 내 담당 의사가 남편 지인이라고 요전번에 이야기했잖아? 남편한테 가오 일을 상담했더니 선생님한테 부탁해보겠다고 하더라고."

가오는 견디지 못하고 스마트폰에 가까운 쪽 눈을 감았다. 뇌가 직접 손에 잡힌 채 흔들리고 있는 것 같다. 과장이 아니라 큰 파도에 떠 있는 것처럼 시야가 흔들렸다. 현기증이 나는 틈을 타 잠깐만, 마히로, 하고 가오는 수화기 건너편을 향해 말했다.

"7월에 만났을 때도 말했지만, 난 아이가……."

"가오, 고집 부리지 마. 그때도 말했지만 서점에서 재회했을 때 가오가 불임 치료 책을 서서 읽고 있었던 거, 나 알고 있어."

"그건……."

"그런 가오한테 임신했다고 하다니 나도 무신경하다고 반성했어. 그런데 가오는 나한테 소중한 친구니까 그냥 있을 수가 없더라."

실은 쭉 불임 치료를 받고 있었다고, 사실은 그러기 위해서 일도 관뒀다고 알려줬을 때 가오는 마히로가 어째서 자신에게 접근했는지 마침내 깨달았다. 그녀는 가오의 모습을 살피면서 자신이 먼저 반드시 임신해 보이겠다고 속으로 투지를 불태우고 있었던 것이다. 그러고 보니 식생활이나 데쓰히로와 나누는 부부관계에 대해 아무렇지도 않게 질문받은 적이 몇 번 있었다. 아이가 생겼어, 라고 뺨을 붉히며 보고받았을 때 마히로가 가장 강하게 원하고 있었던 것은 진심이 담긴 축하가 아니라 가오의 분한 표정이었던 것이다.

"소중한 친구라."

목소리에 실소가 섞였다.

"나, 예정일이 두 달 후거든. 3월에 들어서면 거의 움직이기 힘들어질 것 같으니 그 전에 만나자. 아기가 안 생기는 고통은 내가 제일 잘 이해하고 있을 거야. 가키야를 좋아하기 때문에 가오는 아이가 갖고 싶은 거지? 아, 맞다, 가키야는 불임 치료에 대해서 어떻게 생각해? 부부끼리 차분히 이야기하고 있어?"

"아, 택배가 도착한 것 같아."

"택배?"

"미안, 끊을게."

가오는 답을 기다리지 않고 전화를 끊었다. 스마트폰을 거칠게 싱크대에 올려놓았다. 스튜 냄비가 끓고 있었다. 국자로 섞자 순무가 한껏 익어 으깨졌다. 가오는 가스레인지 불을 끄고 거실 소파에 자빠지다시피 해서 앉았다.

일도 가사도 육아도 하지 않아. 생산성 없는 그런 삶, 인간으로서 이상해. 아이가 생기지 않으면 적어도 일을 열심히 하든가, 배우자의 버팀목이 되려고 하는 게 제대로 된 인간이 걸어가야 할 길이 아닐까? 몸도 마음도 건강한데 일하는 게 싫어졌다는 이유만으로 일을 때려치우고 집안일도 제대로 하지 않고, 지금의 가오는 가키야의 애완동물이나 마찬가지지 않아?

반년 전에 마히로에게 들은 말이 머릿속에서 소용돌이치고 있었다. 그날, 자신이 일하던 회사가 취업 활동을 할 때 마히로가 첫 번째로 지망하던 곳이라는 사실을 알았다. 계절은 여름이었고 텔레비전이나 인터넷에서는 국회의원이 LGBT*인 사람에게는 생산성이 없다고 잡지에서 주장했던 게 화제로 들끓고 있었다. 그래서 마히로의 입에서 생산성이라는 말이 나온 걸까. 그럴지도 모르겠네, 라고 가오가 대답하자 그럼 애완동물은 애완동물답게 집에서 주인의 귀가를 기다리면 되잖아, 하고 마히로는 비웃었다. 그러게, 하고 가오는 고개를 끄덕였다.

현관이 열리는 소리에 가오는 몸을 일으켰다. 조금 꾸벅꾸벅 졸고 있었던 모양이다. 시곗바늘은 예상 밖으로 한참 지나

---

* 성소수자. 레즈비언(lesbian), 게이(gay), 양성애자(bisexual), 트랜스젠더(transgender)의 앞 글자를 딴 것.

있었다. 다녀왔어, 하는 데쓰히로의 목소리에 다녀왔어? 하고 답했다. 거실 겸 식당에 나타난 데쓰히로는 코를 킁킁댔다.

"냄새 좋은데? 스튜야?"

"순무랑 닭고기 스튜야. 순무는 으깨졌지만."

"대박. 물컹물컹하게 익은 순무, 나 진짜 좋아해. 기대되는걸?"

화력이 약하면 약한 대로 아마 이 사람은 순무를 씹는 맛이 좋네, 라고 말할 것이다. 그런 생각을 하면서 가오는 순무 잎을 넣어 스튜를 다시 가열했다. 냉동밥은 전자레인지에 넣어서 해동했다. 마히로와 전화를 하고서 반찬을 한 가지 더 만들 기력을 완전히 빼앗겨 식탁에는 스튜와 밥만 놓았다. 그럼에도 데쓰히로는 아무런 불평도 하지 않았다.

데쓰히로가 사 온 케이크는 식후에 먹었다. 서로 마주 보고서 포크를 부지런히 움직이다가 데쓰히로가 서서히 입을 열었다.

"오늘은 뭐 했어?"

평소와 같은 질문이다. 머리로는 알고 있어도 갑자기 마히로의 얼굴이 떠올라 콧잔등을 찡그릴 뻔했다. 그러다 꾹 참고 가오는 포크 끝을 데쓰히로의 몽블랑으로 가져갔다.

"맞춰봐. 틀리면 꼭대기에 있는 밤은 몰수야."

"헐. 그게 몽블랑의 묘미인데?"

"기회는 한 번이야. 자, 맞춰봐."

"힌트는? 힌트 좀 줘."

"안 돼."

"헐, 안 된다고? 잠깐만. 자, 어디 보자……. 스마트폰 게임?"

"땡."

가오는 뾰로통하게 말하더니 펜던트라이트 조명 빛을 부드럽게 반사하고 있는 보늬밤에 포크를 힘차게 세웠다. 데쓰히로의 눈이 휘둥그레졌다. 그 모습을 확인하고 나서 가오는 포크의 밤을 데쓰히로의 입술에 들이밀었다.

"자, 아― 해."

포크를 빙글빙글 돌렸다. 돌릴 때마다 놀리고 싶은 마음보다도 상처 주고 싶다는 마음 쪽이 더 커졌다. 데쓰히로는 다급히 입을 열어 밤을 입에 넣었다. 체념한 듯 씹기 시작한 데쓰히로를 보며 가오의 마음은 점점 채워져갔다. 이번에는 자신의 치즈케이크 앞부분을 포크로 한 입 크기로 썰어서 데쓰히로의 접시에 올렸다.

"나 먹으라고? 고마워."

"고맙긴."

"그래서 정답은 뭐야? 가오는 오늘 하루 뭐 했어?"

"아무것도 안 했어. 그래서 아무것도 안 했다가 정답이야."

"그래? 그거 다행이네."

데쓰히로는 쾌활하게 웃었다.

"이번 주말은 결혼기념일이지. 이걸로 만 4년이 되는 거네."

"그러게. 5년째에 들어서게 되네."

4년 전 1월 말에 두 사람은 혼인신고를 했다. 가오도 데쓰히로도 그걸로 충분하다고 생각했지만, 가오의 부모님의 희망으로 결국 가족만 참석한 조촐한 결혼식을 올리게 되었다. 신혼여행은 오키나와로 갔다. 3박 4일 일정 중에 1박은 수족관에서 폐관 시간까지 있었다. 데쓰히로는 고래상어가 있는 거대한 수조보다도 작은 물고기가 헤엄치는 수조가 있는 쪽에 들러붙어 있었다.

"정말 올해도 아무 데도 안 가도 돼? 그렇게 유명한 가게는 아니지만 지금 예약할 수 있는 레스토랑도 있는데."

첫해와 두 번째 해는 야경이 보이는 레스토랑에서 식사를 했다. 작년에는 케이터링 서비스를 이용해 집에서 근사하게 먹었다. 그 가게, 맛있었지, 라고 말하는 데쓰히로의 입가에 황갈색 크림이 묻어 있었다. 가오는 손을 뻗어 손끝으로 그것을 닦았다.

"괜찮아. 난 아무 데도 안 가고 싶어. 올해도 집에서 보내자."

크림을 닦은 손가락을 입에 물고 가오는 온화하게 답했다. 그럼 그러자, 하고 데쓰히로는 고개를 끄덕였다.

잠들지 못하는 밤에는 반드시 끝을 상상하고 있다.

지금 같은 삶은 더 이상 계속 살 수 없다며 쓸쓸한 눈으로 토로받게 되는 순간을, 나는 좀 더 평범한 가정을 꾸려나가고 싶다고 애원받을 때를 가오는 종종 천장을 응시하며 생각한다. 언제였던가 한밤중의 질의응답으로 쭉 나랑 둘이 있고 싶어?라고 물었을 때 데쓰히로는 고개를 가로젓기만 하였고 몇 번이나 물어도 절대 긍정하려고 하지 않았다. 그러니까, 끝은 반드시 찾아온다. 그건 내일일까, 내년일까.

"왜 그래?"

갑자기 데쓰히로의 목소리가 들려서 가오는 놀란 나머지 환청이나 잠꼬대를 의심했다. 잠버릇이 없는 데쓰히로가 밤중에 잠에서 깨는 일은 지금까지 한 손으로 꼽을 수 있을 정도밖에 없었다. 조심스럽게 옆을 보았다. 반쯤 뜬 두 눈이 조용히 이쪽을 응시하고 있었다.

"잠이 안 와?"

"데쓰."

"왜?"

"내가 싫다고 해봐."

"응, 왜?"

"그냥 해봐."

"하기 싫어."

"해보라니까."

"싫어."

"안 해주면 화낼 거야."

"가오."

가오는 이불 밑에서 데쓰히로의 옷자락을 잡았다. 데쓰히로와 결혼할 때까지 가오는 죽고 싶지는 않았지만 살아서 다행이라고 느끼는 일도 적었다. 성실하고 온화하게 남한테 뒤에서 손가락질 받지 않고 누군가에게 도움이 되도록 언동 구석구석 신경을 썼다. 그렇게 행동하면서 죽음을 향해 가는 것이 인간의 삶이라고 생각했다.

"진짜 왜 그래?"

데쓰히로의 목소리가 걱정스럽게 들렸다. 눈썹을 팔자로 만든 표정을 생생하게 상상할 수 있었다. 이렇게나 자상한 남편을 곤란하게 만들고 난 대체 뭘 하고 싶은 걸까. 어디를 향하고 있는 걸까. 모르겠다. 가오는 데쓰히로의 어깻죽지에 이마를 갖다 댔다.

"그냥 아무 일도 없어."

"저 말이야, 가오. 난 가오를 좋아해."

"……응."

식탁에는 가오가 만든 가리비 카르파초와 호박 샐러드, 데쓰히로가 삶은 소시지 여러 종류, 거기에 치즈나 야채를 튀긴 것이 한 상 가득 차려져 있었다. 두 사람이 좋아하는 요리뿐이었다. 작년과 같은 스파클링 와인을 잔에 따라 테이블 너머로 서로 마주 보았다.

"4주년 축하해."

"축하해."

데쓰히로의 말에 맞춰서 가오는 샴페인 잔을 치켜들었다. 데쓰히로는 얼른 카르파초를 한 입 먹고 맛있어, 라고 소리 높였다.

"또 그런다. 사 온 가리비랑 토마토에 올리브 오일이랑 조미료를 뿌리기만 했어. 데쓰는 나한테 무턱대고 칭찬부터 해주면 된다고 생각하지? 쉽사리 얼버무려 긍정하는 건 이해하기를 방기하는 거나 마찬가지야."

가오는 농담을 섞어서 흘겨보았다. 거참 말이 너무 심하네, 라며 데쓰히로가 웃었다. 테이블에 놓인 요리나 와인에 대한 감상평에서 이야기는 둘이서 먹고 마셔온 요리로 옮겨가 학생식당의 카레에서부터 신혼여행에서 처음 먹은 삭힌 두부까지, 가오와 데쓰히로는 흥분해서 테이블을 두드리며 추억담을 주고받았다. 오늘 밤 데쓰히로는 평소보다 더 말이 많았고 들어보니 상대하기 까다로웠던 상사가 3월 말에 인사이동한다는 소문이 돌고 있는 모양이었다. 사실상 좌천으로 데쓰히로가 웬일인지, 꼴좋다, 하고 거칠게 말했다.

사흘 전에 한밤중에 나눈 대화는 한 번도 문제 삼지 않았다. 이튿날 잘 잤어? 하고 인사를 하는 데쓰히로의 얼굴은 묘하게 부드러웠고 그 대화가 기억에 남아 있다는 사실은 확실했지만, 가오도 일부러 확인하려고 하지 않았다.

"다음 것도 딸까?"

"따자, 그냥 따."

데쓰히로는 시뻘건 얼굴로 자리에서 일어났다. 냉장고에는 같은 스파클링 와인이 한 병 더 들어 있었다. 마개를 딴 병을 한 손에 들고 데쓰히로는 테이블로 돌아왔다.

"앞으로 1년 후면 우리도 결혼한 지 5년이구나. 세월 참 빠르네."

콜콜콜 소리를 내며 희미한 초록색을 띤 액체가 잔에 따라졌다. 가오는 와인을 한 모금 마시고 그러게, 하고 맞장구를 쳤다.

"내년에도 이렇게 데쓰랑 술 마시고 있으려나?"

"의외로 그런 상황이 아닐지도 몰라."

가오는 치즈를 먹으려던 손을 멈추고 눈을 치뜨며 데쓰히로의 모습을 살폈다. 데쓰히로는 얼굴이 바로 빨개지지만 술은 세다. 눈동자의 움직임이나 말투에 변화는 없었고 언뜻 봐서도 그는 평소와 같았다. 하지만 밝고 명랑했던 자리의 분위기가 안개라도 흘러 들어온 것처럼 어느새 이상해져 있었다. 기분 탓이길 바랐다. 그러길 바라며 가오는 "아, 여행 중에 비행기에 타고 있거나 하는 거?"라고 둔감한 척하며 물었다.

"여행이라. 최근에 간 적이 없네."

"내년에는 5주년 기념으로 큰맘 먹고 해외에 나가도 좋을 것 같아."

초조해서 마음에도 없는 말을 덧붙였다. 해외라, 하고 중얼거리더니 데쓰히로는 시선을 허공에서 헤매고 있었다.

"데쓰는 딱히 내키지 않아?"

"그런 건 아니지만. 어떨까, 갈 수 있을까?"

역시 기분 탓이 아니었다. 멀리서 강력한 자석이 이쪽으로 향한 것 같았다. 대화의 방향키가 절묘하게 제어되고 있다는 것을 느꼈다. 핸들이 자동으로 조작되는 차를 접했을 때와 같은 불쾌함마저 느껴졌다. 가오는 방긋 웃는 표정을 무너뜨리지 않도록 신경을 쓰면서, 설마 데쓰 외국 가는 거 무서워?라고 농담을 했다.

"그런 건 아니지만."

"괜찮아. 데쓰의 3급 영어 실력이 있으니 문제없어."

혀가 잘 굴러가지 않았다. 가오는 와인을 한 모금 더 마시고 잔을 바로 옆에서 들여다보았다. 샴페인의 자잘한 기포는 수조 구석에 자리한 에어펌프에서 나오는 공기 같았다. 이 잔 안으로 들어가고 싶다고 가오는 강하게 생각했다. 더 이상 여기서 도망칠 길은 아마 없다. 데쓰히로는 가오의 눈을 보더니 멋쩍은 표정을 지은 채 단 한 번 턱을 크게 끌어당겼다.

"우리뿐이라면 해외여행도 갈 수 있을지 모르지만, 그렇지 않을지도 모르잖아."

가오는 잔을 테이블에 놓았다. 잔 바닥이 식탁에 닿자 예상치 못한 큰 소리가 울렸다. 무심코 귀를 막고 싶어질 것 같았던 그때 데쓰히로가 다정한 목소리로 말했다.

"우리도 슬슬 진지하게 생각하는 편이 좋지 않을까 싶어."

우리, 도.

뭘, 이라고 묻기보다 그 점이 먼저 거슬렸다. 달리 누구를 말하고 있는 걸까. 연예인일까, 회사 사람일까, 아니면 친구일까. 몸이 확 뜨거워졌고 큰 소리로 외치고 싶은 충동이 목구멍까지 치밀어 올랐다. 가오는 필사적으로 그것을 억누르고 "데쓰. 이 소시지, 내 몫까지 먹어도 돼. 좋아하잖아?" 하고 권했지만 데쓰히로는 반응하지 않았다.

"실은 엊그제 밤에 오자키한테서 전화가 왔었어."

"마히로한테서?"

"내 휴대전화 번호는 대학 시절부터 안 바뀌었으니까. 아직 연락처에 들어 있었나 봐. 그 애 곧 엄마가 된다면서?"

"⋯⋯그런 모양이야."

나지막한 목소리로 가오는 답했다.

"오자키한테서 들었어. 가오 혼자서 불임 문제를 너무 짊어지고 있는 거 아니냐고. 부부가 같이 노력 안 하면 아이는 절대로 안 생긴다고. 오자키, 어째선지 우리가 불임 치료를 받고 있다고 착각하고 있나 보더라. 우선 적당히 이야기를 맞추고 전화를 끊었는데 그 후에 문득 생각했어. 우리도 슬슬 가져야 하지 않을까 하고."

아아, 하고 가오는 신음이 새어 나왔다. 마히로한테서 소포가 도착한 것은 어제였다. 택배 트럭이 아파트 앞에 정차했을 때 가오는 배달부의 목적지가 설마 이 집이라고는 생각지 못했다. 평소대로 초인종을 지나서 택배 박스 안에 발신인으로 마히로의 이름이 적힌 상자를 본 순간 숨 막히는 충격을 받았다. 조심스럽게 포장을 풀자 안에는 임신에 효과가 있다고 여겨지는 영양제나 체내부터 데워준다고 하는 찻잎, 더구나 어딘가의 나라의 임신 부적이 들어 있었다.

"신혼 때에도, 일을 관두고 난 직후에도 가오는 지금은 아직 모르겠다고 했어. 그런데 나이 문제도 있잖아. 사귀기 시작했을 무렵에는 대학생이던 우리도 이제 서른둘이야. 결혼해서 4년이 지났으니 지금이 적당한 타이밍 아니려나. 가족이 늘면 분명 하루하루가 더 즐거워질 거야."

"아, 슬슬 펜네를 삶을까. 잠시만 기다려줘."

"가오."

일어나 부엌으로 발 내딛은 가오를 데쓰히로가 말렸다. 개의치 않고 나아갈 작정이었지만, 오랜만에 들은 절실함이 묻어나는 목소리에 가오는 무심코 걸음을 멈추었다. 멈추지 않을 수 없었다.

"저기, 가오."

"말하지 마."

"나는."

"싫어, 듣기 싫다고."

가오는 고개를 획획 가로저었다.

"난 아이를 원해. 나와 가오의 아이를."

가오는 양손으로 얼굴을 감쌌다. 눈을 감고 의식적으로 호흡을 반복했다. 알코올 냄새가 담긴 숨결이 입 주변을 눅눅하게 만들어갔다. 문득 등에 온기를 느끼고 가오는 데쓰히로의 손이 자신의 몸에 닿은 것을 알았다. 그곳만이 불을 쬔 듯 따스했다. 당장이라도 무너질 것 같았다.

"가오는 아이에 대해서 어떻게 생각해? 아이를 가지고 싶지 않아?"

"밖에서 좀 걷다 올게."

얼굴을 손으로 가린 채 가오는 작은 목소리로 말했다.

"혼자 있고 싶어."

"밖은 이제 어두워. 위험해."

"괜찮아."

"걱정돼."

"혼자서 생각하고 싶어. 혼자 있게 해줘. 절대로 따라오지 마. 만약 따라오면……."

"내가 미워질 것 같아?"

흠칫하고 손을 뗐다. 상상했던 것보다 훨씬 가까이에 데쓰히로의 얼굴이 있었다. 괴로워하는 듯한 표정이었다. 눈가는 메말라 있었지만, 당장이라도 울 것처럼 보였다. 아니, 하고 가오는 목구멍에서 목소리를 쥐어짜냈다.

"안 미워해. 그래도…… 엄청 상처받을 것 같아."

"알겠어. 집에서 기다릴게."

안면 근육을 경련시켜 지은 듯한 미소로 데쓰히로는 고개를 크게 끄덕였다.

아파트에서 나갔을 때 정말 목적지가 정해져 있지 않았다.

데쓰히로와 손을 잡지 않고 걷는 거리는 한없이 넓었고 가오는 눈에 띈 모퉁이를 돌아 또다시 다음 모퉁이를 돌았고 정신을 차리고 보니 낯익은 거리로 나와 있었다. 도로 끝자락에서 물고기 그림이 들어간 간판이 파란색으로 빛나고 있있다. 안에 들어 있는 형광등 수명이 다했는지 아랫부분은 어둑어둑해서 바다의 단면도처럼 보였다.

이 수족관에 혼자 발걸음을 내딛는 것은 처음이었다. 어서오세요, 하는 남자 점원의 목소리가 들리고 물 냄새가 온몸을 휘감았다. 폐점 시각이 거의 다 되어서인지 자신 말고 다른 손님의 기척은 없었다. 수많은 수조가 빛을 띠고 나란히 진열되어 있었다. 에어펌프 소리가 어딘가 한적하게 들려서 곤두서 있던 신경을 누그러뜨리게 했다. 한 걸음 나아갈 때마다 현실감이 옅어지는 듯했다.

이윽고 가오는 구피가 있는 수조 앞에서 발걸음을 멈추었다. 3센티미터 정도 되는 몸이 오늘도 색종이를 뿌린 것처럼 헤엄치고 있었다. 블루그래스에 레드그래스에 올드패션모자이크. 몇 가지 품종 이름을 외웠다. 리얼레드아이알비노풀레드는 아파트까지 돌아오는 길에 데쓰히로와 반복해서 읊어 암기했다.

수조에 오른손 검지를 대고 꾸욱 소리를 냈다. 하지만 구피 무리는 여전히 아무 반응도 보이지 않았다. 우아하게 흔들리는 지느러미나 먹을 떨어뜨린 듯한 까만 눈동자가 평상시 그대로다. 이쪽에서 보내는 방해를 수조 안에 있는 물고기는 절대 받아들이지 않는다.

난 아이를 원해. 나와 가오의 아이를.

데쓰히로가 아이를 가지고 싶어 한다는 사실은 알고 있었다. 어떻게 할까?라고 물었을 때의 기대감에 가득 찬 눈빛. 지금은 아직 잘 모르겠다고 가오가 대답했을 때 보이던 쓸쓸한 미소. 그가 이렇게 곁에 있는데 알아차리지 못할 리가 없다. 생명을 돌보는 일을, 보살피는 일을 무엇보다 좋아하는 뼛속부터 생물 당번. 데쓰히로는 그런 사람이다.

알고 있으면서도 나는 모르는 척하고 있었다.

원래 아이에 관심이 없었다. 그런데도 결혼하기 전에는 언젠가 가족이 늘어날 것을 어렴풋이 연상하고 있었다. 그런 법이라고 믿어 의심치 않았다. 하지만 데쓰히로와 살아가는 삶에 열중하면서 자신에게는 아이를 갖고 싶다는 욕구가 없다는 사실을 가오는 알아차렸다. 이런 사고방식을 의학으로 바꿀 수 없을까 하고 몰래 불임 치료를 조사하던 시기도 있었지만, 어떤 사이트를 보고 어떤 책을 읽어도 아이를 가지고 싶어지는 방법에 대해서는 쓰여 있지 않았다. 부모가 되지 못할지도 모른다, 가 아니라 부모가 되기를 원하지 않는 사람에게 있어서 가장 중요한 것은 자신의 그 마음을 억누르지 않고 주변에 조금씩이라도 이해받아가는 것일지도 몰랐다.

"와아, 예쁘다."

문이 열리는 소리와 더불어 활기찬 이야기 소리가 들려서 가오는 입구 쪽을 돌아보았다. 서로의 허리에 팔을 두른 젊은 남녀가 꺄꺄 요란을 떨면서 수조를 들여다보고 있었다. 크다, 붉다, 길다, 하고 눈에 띄는 물고기에 대한 감상평을 닥치는 대로 말하고 있었고 아주 즐거운 듯했다. 목소리 크기보다도 그들의 밝은 목소리가 가슴에 꽂히는 듯해서 가오는 구피가 있는 수조에서 떨어졌다. 우선 가게에서 나가 다시 거리를 걸어야겠다고 생각했다.

입구 앞에 섰을 때 문 바로 옆에 설치된 책장이 눈에 들어왔다. 데쓰히로와 같이 있을 때는 알아차리지 못했는데 가게에서 다루고 있는 물고기에 대해 쓰여 있는 서적을 판매하고 있는 모양이었다. 《메기 사육법을 알려드립니다》에 《초심자를 위한 디스커스 사육법》, 《아로와나의 모든 것》 그리고 《월간 아쿠아 2월호》. 이번 달 특집은 번식에 도전—.

잡지 표지에 인쇄된 번식이라는 두 글자가 눈꺼풀 뒤에서 갑자기 격렬하게 튀었다.

어째서 내 마음은 거기로 향하지 않는 걸까.

데쓰히로의 바람을 이루어주고 싶다. 그 마음에는 한 점의 거짓도 없다. 낳고 싶지 않다는 자신의 기분을 존중하고 그에게 이해받는 것은 도무지 불가능하다고 본다. 더구나 데쓰히로는 반드시 근사한 아빠가 될 것이다. 자기 자식을 감정에 휘둘리지 않고 훈육을 하고 진심으로 우러나오는 미소로 칭찬하고 말이다. 그가 가장 빛을 발할 미래를 가오 자신의 생각으로 깔아뭉개는 것에, 신에 대한 죄송함과도 흡사한 감정을 느꼈다. 그렇다. 자신이 아이를 가지고 싶다고 생각하는 사람이라면 모든 것이 잘 흘러갈 것이다. 정말 이것저것 할 것 없이 모든 게 원만하게.

"하아…… 하아……."

정신을 차리고 보니 가오는 어깨로 거친 숨을 몰아쉬면서 책장 앞에 우두커니 서 있었다. 손끝이 뜨겁고 아팠다. 발밑에는 갈가리 찢긴 종잇조각이 흩어져 있었다. 이게 무슨 일인가 생각하다가 자신이 잡지를 찢었다는 사실을 알아차리기까지 시간이 조금 필요했다.

"저 사람 뭐야?"

"이상한 사람 아냐?"

조금 전의 남녀가 수조 뒤에서 이쪽을 보고 있었다. 정답게 속닥이는 모습은 언젠가의 자신과 데쓰히로 같았다. 저 두 사람도 언젠가 결혼을 하게 될까. 어쩌면 이미 부부 사이일지도 모른다. 아이를 만들지 안 만들지로 두 사람의 의견이 어긋날 때가 오게 될까.

"손님."

잔잔한 바다 같은 목소리가 부르는 소리에 가오는 제정신으로 돌아왔다. 차가운 것이 등을 타고 흐르는 것을 느끼면서 천천히 뒤를 돌아보았다. 늘 있네, 암흑세계의 보스일지도 몰라, 하고 데쓰히로와 숙덕댄 적 있던 안경을 쓴 점원이 여느 때의 무표정으로 서 있었다.

쌓아 올린 박스 뒤에 숨겨져 있는 것처럼 작은 책상과 파이프 의자가 살포시 놓여 있었다. 처음에는 창고 같은 공간인가 싶었지만, 안쪽에는 로커도 있었고 아무래도 이곳은 종업원 휴게실인 모양이다. 안경을 쓴 점원은 바로 앞에 있던 의자에 앉더니 그 건너편에 앉으라고 가오를 손짓으로 재촉했다.

"오늘은 점장님이 안 계셔서 제가 대응하게 되었네요."

점원은 담담한 동작으로 찢어진 잡지 잔해를 책상에 올려놓았다. 에어컨 바람에 자잘한 종잇조각이 휘날려 종이 눈보라 같았다. 점원이 그것을 줍기보다 먼저 가오는 이마가 책상에 닿을 만큼 고개를 깊이 숙였다.

"정말 죄송합니다. 물론 잡지값은 변상하겠습니다. 그런데 그걸로 끝날 만한 문제가 아니라는 것도 알고 있습니다. 그쪽의 대처에 전적으로 따르겠습니다."

조금 전까지 끓어오르는 듯 했던 뇌도 마침내 이성을 되찾아 지금부터 아마 경찰에 신고를 당하지 않을까 가오는 생각했다. 체포까지는 되지 않더라도 경찰서에서 취조를 받게 될 터였다. 신원보증인으로 데쓰히로에게 연락이 갈 가능성도 높다. 경찰에게 전화를 받은 순간 데쓰히로를 덮칠 충격의 크기를 상상하자 가오는 지금 당장 사라지고 싶었다.

하지만 아무리 기다려도 점원에게 그런 반응은 돌아오지 않았다. 가오는 조심스럽게 고개를 들었다. 점원과 시선이 맞부딪쳤다. 이번에야말로 질책의 말이 날아들거라 생각했지만, 그의 표정에서는 역시 분노도 난처함도 느낄 수 없었다. 가오는 작게 한숨을 쉬고 말했다.

"저기……."

그러자 점원이 갑자기 입을 열었다.

"자주 오는 분이시죠?"

"네에?"

의미를 이해하지 못한 채 되물은 가오에게 점원은 같은 질문을 했다.

"저희 가게에 자주 오는 분이시죠? 남성분이랑 둘이서. 그래서 늘 구피 수족관 앞에."

"아…… 네."

고개를 끄덕이면서 가오는 내심 놀랐다. 설마 이 사람이 자신과 데쓰히로의 얼굴을 기억하고 있을 줄은 꿈에도 생각지 못했다. 가오는 그를 물고기 말고는 다른 데는 관심이 없는 점원이라고 쭉 생각했던 것이다. 역시, 라고 점원이 읊조렸다. 하지만 더 이상 하고 싶은 말이 없는 듯했다. 종업원 휴게실에 또다시 침묵이 떨어졌다.

"저기, 이 잡지 말인데요……."

가오는 마음을 다잡고 말을 꺼냈다. 아아, 하고 점원이 찢어진 잡지에 시선을 옮겼다. 그러고서 잡지 표지를 손가락으로 가볍게 두드리더니 말했다.

"이건 손님께서 구입하신 겁니다. 손님이 어떻게 하시든 제가 간섭할 수 없지요."

말투가 평탄했기에 용서받았다고 바로는 알아차리지 못했다. 1, 2초가 지나 가오는 또다시 고개를 깊이 숙였다. 이제 괜찮아요, 라는 말을 들을 때까지 이번에는 미동조차 하지 않았다.

도중에 커피 정도는 마실지도 모른다고 생각해 다행히 지갑을 가지고 나왔다. 가오는 되도록 빳빳한 천 엔짜리 지폐를 두 장 골라서 점원에게 내밀었다. 거스름돈은 750엔입니다, 라고 점원이 의자에서 일어났다. 역시 받을 수 없다고 거절하려고 했지만 이미 늦었다. 종업원 휴게실에 홀로 남겨진 가오는 시선 둘 곳을 찾다가 자신이 찢어버린 잡지에 손을 뻗었다.

인기 급상승 중인 품종에, 지금 시기에 조심해야 하는 병에 대한 칼럼이나 최신형 정화조 광고. 자신의 생활과는 상관없는 정보로 모든 페이지가 채워져 있었다. 그 사실이 오히려 흥미를 끌어 가오는 잡지를 더 넘겼다. 페이지가 찢어진 상태가 고르지 않아 거의 꾸깃꾸깃해진 곳이 있거니와 모퉁이만 찢어진 정도로 끝난 곳도 있었다.

유리 구체가 게재되어 있는 그 페이지는 후자였다. 토끼가 갉아 먹은 것처럼 오른쪽 위가 사라졌을 뿐, 전체적으로 구겨져 있지도 않았다. 사진의 유리공은 바닥이 살짝 평평하게 되어 있는지 테이블 위에 스스로 서 있었다. 구체 안쪽에는 자갈과 수초가 설치되어 있고 물고기 한 마리가 헤엄치고 있었다. 아무래도 이 구체는 수조인 모양이다. 하지만 언뜻 봐도 알 수 있는 덮개는 달려 있지 않았다.

가오가 멍하니 들여다보고 있는데 안경을 쓴 점원이 돌아왔다. 머릿속이 멍해진 채 그가 내민 트레이에서 잔돈을 받았다. 그런 가오의 모습에 궁금증을 느낀 모양이다. 점원은 테이블 위의 잡지를 내려다보더니 "보틀아쿠아리움이네요"라고 짤막하게 말했다.

"보틀아쿠아리움요?"

"네, 보틀아쿠아리움이에요. 그중에서도 이건 완전폐쇄형이라고 불리는 타입이고요."

"완전폐쇄형이라고요?"

"동물과 식물과 박테리아가 완벽한 균형을 이뤄 수족관에 들어 있어서 햇빛만 있으면 다른 건 아무것도 필요 없는 구조로 되어 있어요. 동물이 뱉어내는 이산화탄소는 식물의 광합성으로 산소가 되고 박테리아는 동물이 배출하는 암모니아를 무해화시키죠. 요컨대 인공적으로 생태계를, 즉 지구와 같은 환경을 만드는 거예요. 균형만 완벽하게 유지하면 먹이를 줄 필요도 물을 갈 필요도 없어서 이렇게 밀폐하는 것도 가능해요. 뭐, 전혀 손이 가지 않는 레벨은 아주 어려워서 거의 탁상공론이나 마찬가지지만요."

그래도 예쁘네요, 라고 가오가 대답하려고 했을 때였다. 점원의 무표정이 처음으로 무너졌다. 안경 안에 자리한 눈을 크게 뜨고 뺨을 경련하고 있었다. 상당히 초조해하는 것 같았다. 이상하게 여기고 있으니 보틀아쿠아리움 사진 위에 물방울이 뚝뚝 떨어지고 있었다. 흠칫하고서 자신의 눈에 손을 댔다. 젖어 있었다. 자신은 지금 울고 있었다.

이렇게 되고 싶었다.

생각이 번뜩인 것과 동시에 눈물이 왈칵 쏟아졌다. 목은 발화한 것처럼 뜨거워졌고 입에서 오열이 새어 나왔다. 가오는 그만 테이블에 엎드렸다. 눈물이 더더욱 솟구쳤다. 허엉, 허엉, 하고 어린아이처럼 소리가 높아졌지만 창피함을 느낄 여유가 없을 만큼 마음은 걷잡을 수 없을 정도로 고조되어갔다.

나는 데쓰와 이렇게 되고 싶었다.

데쓰히로의 난처한 얼굴을 에너지로 편안하게 행동하고 자신의 어리광을 데쓰히로가 다정하게 무해하게 만들고. 지금의 가오는 가키야의 애완동물이나 마찬가지잖아, 라는 말을 마히로가 내뱉었을 때 아아, 그게 맞다, 라고 가오는 생각했다. 꿈도, 열을 올릴 만한 취미도 없이 일도 가사에도 의욕이 없는 인간은 사회에 있을 곳이 없다. 납득은커녕 자신의 성질이나 입장에 마침내 이름이 주어진 듯한 기분이 들었다. 그렇다면 애완동물답게 살아가자고 가오는 데쓰히로가 아닌 다른 사람과 되도록 엮이지 않기로 정했다. 하지만 틀렸다. 실은 절묘한 균형 아래에서 닫힌 세계 그 자체가 되고 싶었던 것이다.

하지만 균형은 무너졌다. 아이를 가지고 싶다고 데쓰히로가 말한 그 순간, 보틀아쿠아리움의 수초가 예상 밖의 성장을 보인 것처럼 세상의 끝이 시작되었다. 지금부터 자신과 데쓰히로는 아이를 만들 의사를 가진 부부나 아이는 가지지 않기로 결심한 부부, 그 둘 중 한쪽이 된다. 절충안으로 해결하는 게 용납되지 않는 궁극의 두 가지 선택지다. 생각하는 것에서 달아나 둥둥 떠다니는 시간은 이제 두 번 다시 돌아오지 않는다.

"괜찮으세요?"

예상치 못한 따스한 목소리가 내려와 가오는 다급히 고개를 들었다.

"괜찮아요, 죄송합니다."

"전 폐점 준비를 해야 해서 일단 실례할게요. 좀 그러시면 마음이 차분해지실 때까지 여기 계셔도 상관없는데……."

"아뇨. 저기, 정말 괜찮아요."

힘차게 일어났다. 그 바람에 파이프 의자가 쓰러질 뻔해서 반사적으로 등받이 위를 잡았다. 점원의 걱정스러운 눈빛에 죄송합니다, 하고 가오는 목례를 반복했다. 몇 분 전까지 그의 얼굴에서 감정을 읽어낼 수 없었던 게 거짓말 같았다. 점원의 눈에는 부드럽고 맑은 빛이 깃들어 있었다.

"괜찮으시다니……. 갈 곳은 있으세요?"

"돌아갈 거예요. 저희 집에 돌아갈 거예요."

순간적으로 입에서 나온 대답에 가오는 웃음을 터뜨릴 뻔했다. 그렇다, 종말을 맞이한 세계라고 해도 데쓰히로의 곁 말고는 자신이 돌아갈 장소도, 돌아가고 싶은 장소도 없다. 눈가에 엷게 남아 있던 눈물을 손끝으로 닦았다. 그 순간 시야는 대조 효과를 높여서 눈앞의 세상이 마치 물 안에서 바깥으로 나온 것처럼 보였다.

컴필레이션

스미노 요루

스미노 요루 住野よる

2015년 출간된 데뷔작 《너의 췌장을 먹고 싶어》가 초대형 베스트셀러가 되어 2016년 서점대상 2위에 올랐다. 다른 저서로는 《또다시 같은 꿈을 꾸었어》, 《밤의 괴물》, 《나「」만「」의「」비「」밀「」》, 《어리고 아리고 여려서》, 《무기모포 산포는 오늘이 좋아》가 있다.

정신을 차리고 보니 입무 끝, 늘 자택 헌관에서 펌프스를 벗고 있는 듯한 기분이 들었다. 아침에 일어나 멍하니 보내다 보면 어느새 시간이 흘러가 있다. 집으로 돌아오자 마침내 의식이 각성해서 자신이 시간 속을 살아가고 있다는 사실을 실감했다. 딱히 싫지는 않다. 업무 동안에는 멍하게 보내기만 하니, 하루 중 나의 본격적인 시간은 사생활 외에 없다. 어차피 필요 없는 시간은 평생 멍하니 보내면 된다고마저 생각하고 있다. 히루안돈*이라는 말은 널 위해 있는 게 아니냐고 예전에 친구한테 들은 적 있지만, 그렇게 멋진 말은 나한테 어울리지 않는다.

---

* 昼行燈. 대낮에 켜져 있는 등불처럼 멍한 사람, 쓸모없는 사람이라는 뜻을 담고 있다.

"다녀왔습니다."

현관 앞에 있는 거실로 이어진 문을 열었다. 본래 눈이 가느다란 나는 가능한 한 눈꺼풀을 들어 올리고 그곳에 있을 터인 친구를 응시했다.

"다녀왔어? 일하느라 피곤하지?"

"별로."

"별로라. 그거 다행이네."

소파에 앉아서 텔레비전을 보고 있는 모습의 그녀. 오늘의 친구는 밝은 타입인 모양이다. 몇 초 만에 입수할 수 있을 만큼의 정보에서 그녀를 생각한다. 사생활에서도 예쁘장한 복장. 뽀얀 피부에 깔끔하게 빗은 머리, 가느다란 손가락. 미용 계열이나 의류 업계 점원이나 그런 걸까.

"저녁 차렸는데 칠리새우 괜찮아?"

"고마워. 때마침 좀 매콤한 게 먹고 싶었어."

나한테는 본 것이 당장 먹고 싶어지는 특기가 있다.

"다행이야. 오늘은 그게 당기는 기분이 아니라고 하면 어쩌나 싶었거든."

그녀는 큼직한 꽃송이가 활짝 피어나는 듯한 미소를 지었다. 최근에는 어른스러운 사람이 이어지고 있지만, 이런 친구도 무척이나 좋다.

거실에 친구를 남겨놓고 나는 오피스룩에서 실내복으로 갈아입었다. 손발을 씻고 돌아오자 내 전용 자리에 있는 좌식 의자 앞에는 이미 김이 모락모락 나는 밥과 된장국이 놓여 있었다. 고마울 따름이다.

"맞다, 술 한잔할래?"

앉기 전에 물어보자 친구는 씨익 웃더니 "그럼 살짝 한잔할까?"라고 답했다. 이런 때를 위해 우리 집 냉장고에는 술도 음료도 여러 가지가 들어 있다. 그녀가 말한 살짝이 어느 정도를 말하는지 알 수 없지만, 대개 술꾼을 쓰러뜨릴 정도의 양은 상비하고 있기에 괜찮다. 그 대신 식재료는 일절 쟁어두지 않아서 오늘은 그녀가 칠리새우 재료를 사 왔을 것이다.

"그럼 다시 한 번 더 잘 먹겠습니다."

식탁에 앉아 내가 말하자 친구인 그녀는 쓸데없는 사양은 생략하고 캔맥주를 치켜들고서 "잘 먹겠습니다아" 하고 말을 이은 후 맥주를 한 모금 마셨다. 이 한 모금이 많아 보여서 아무래도 술을 냉장고에 쟁어둔 건 정답이다 싶었다. 언제 샀는지 기억나지 않는 것도 있지만, 유통기한이 지나지는 않았을 것이다. 그러길 바란다.

칠리새우를 한 입 먹었다.

"맛있어!"

"정말? 다행이야!"

빈말이 아니었다. 빈말일 때도 있지만, 적어도 오늘은 아니었다. 새우의 식감도 속에서 배어 나오는 달콤함도, 그리고서 서서히 찾아오는 매콤함도 무척이나 적당해서 오늘 온 그녀의 요리 실력이 상당하다는 생각을 하게 했다. 나는 이어서 투명한 그릇에 담긴 샐러드를 먹었다. 뿌려져 있는 참깨드레싱도 우리 집에는 없었을 테니 사가지고 온 모양이다. 극진한 대접이다.

저녁이 맛있는 걸 알고서 안심도 되었겠다, 친구인 그녀에 대해서 묻기로 했다.

"오늘은 일했어?"

이쪽을 보면서 오물거리고 있던 그녀는 고개를 꾸벅 끄덕였다.

"그럼, 당연하지. 오늘도 내 영업 말빨이 통했어. 손님한테 정말 잘 어울리는 것 같아요, 하고."

친구가 간드러지는 목소리로 공손하게 고개를 숙였다. 역시 의류를 판매하는 사람인 듯하다. 목소리의 빠른 전환에서 그녀가 무척이나 우수한 직원이라는 사실을 알 수 있었다. 사생활과 다른 목소리 톤을 계속 내는 것은 무척이나 힘들 듯하다.

"매번 내 손으로는 안 살 것 같은 가격대의 목걸이를 파는 게 이상한 기분이 들긴 하지만."

그렇구나, 그쪽이었구나.

"사는 쪽한테서 무시받고 있는 게 아닐까 생각하게 되고."

"그래도 다 그런 법이지 않을까? 동물원 사육사도 어쩌면 집에서는 햄스터조차 기르고 있지 않을지도 모르지."

"그건 좀 다른 것 같아."

"다르려나? 내가 하고 싶은 말은 일이랑 사생활은 실은 전혀 관계없다는 거야. 연관시킬 필요도 없고."

적어도 나는 그렇게 생각하면서 일하고 있다. 친구도 내 설명에 어느 정도 납득이 되었는지 "그렇구나" 하고 고개를 끄덕여 자신이 만든 맛있는 칠리새우를 먹었다.

"일에서의 자존감은 일 안에서 완결시키는 거니까, 사생활 부분의 자존감을 상하게 해서 참을쏘냐, 라고 나는 생각해."

"참을쏘냐! 아하하, 그런 사고방식 괜찮네."

그렇게 기뻐해준다면 이쪽의 사고방식 정도는 얼마든지 건네주고 싶다. 친애하는 친구에게.

"모모*가 하는 업무는 어떤 느낌이야?"

과일이 하는 일에 대해서 묻고 있는 게 아니다. 마쓰오카 모모가 내 이름이다.

"별달리 특별히 이야기해줄 만한 게 아무것도 없어. 나쁜

---

* 모모(桃)는 복숭아를 뜻한다.

것도 좋은 것도 없어."

"그 정도가 괜찮으려나? 내가 일에 너무 이상을 추구하는 건가?"

"난 현재 상황에 만족하지만 이상을 추구하는 건 나쁘지 않다고 봐. 그렇게 하고 싶으면 그렇게 하면 되고, 그러고 싶지 않으면 그러지 않으면 돼."

"적당 적당히 사네. 모모 같은 사람을 히루안돈이라고 하던 가?"

"그렇게 근사하진 않아."

"근사해?"

이 아이는 웃으면 보조개가 생긴다. 그게 무척이나 귀여웠다. 이런 미소를 지을 수 있는 친구에게도 고민이 여러모로 있다고 생각하자 자신의 고민 없는 하루하루를 나누어주고 싶었다. 하지만 그 대신 고민하는 건 싫다.

저녁을 다 먹고 나서 둘이서 다정하게 뒷정리를 하고 나는 세탁기를 돌렸다. 나랑 그저 술을 마시는 것도 재미없지 않을 까 싶어서 DVD나 비디오 게임을 제안하자 오늘은 비디오 게임을 선택받았다. 대부분의 친구들은 DVD 쪽이어서 소수파가 선택되면 기분이 좋다.

"음주 운전이야."

카트로 캐릭터를 달리게 하면서 그녀가 흘린 한마디가 귀여웠다.

몇 번인가 승부를 보고 나서 다른 게임으로 옮겼다. 몇 가지 해보고 마지막으로 왕중왕전을 했더니 역시 눈이 피로해져서 일단 휴식하기로 했다. 그사이 두 사람 다 욕조에 몸을 담갔다. 손님이 먼저 들어가는 건 우리 집에서 할 수 있는 최소한의 대접이다. 스킨 로션을 써도 된다고 했지만 그녀는 꼼꼼하게 여행용 세면도구 세트를 준비해 왔다.

이윽고 둘 다 잠옷 차림을 하고 이제는 사이좋게 소파에 나란히 앉아 DVD를 보기로 했다. 여기서도 친구에게 선택하게 했다. 우리 집에는 비교적 DVD가 많은데 예능부터 영화까지 마음대로 골라잡을 수 있다. 이윽고 그녀는 시간의 경과를 주제로 한 SF영화를 골랐다. 두 시간 반이 넘는 초대작으로 술을 마시면서 보다 보니 끝날 무렵에는 취해 있었다. 하지만 다섯 번째 보는데도 내용을 잘 모르는 것은 분명 술 때문이 아니다. 친구인 그녀는 취해 있으면서도 감동한 듯했다. 가족애를 그린 부분에서 훌쩍이는 것을 보니 그녀는 가족에게 무척이나 애정을 가지고 있는 사람일지도 모른다. 혹은 술이 들어가면 코가 막히는 사람일지도 모르고.

눈 깜짝할 사이에 시각은 날짜를 넘어서 있었다. 잘 준비에 들어갔다. 일단 손님용 칫솔도 준비되어 있었지만, 그녀의 여행용 세면도구 세트 안에는 칫솔과 치약도 들어 있는 모양이었다.

친구가 세면대를 사용하는 동안에 잠자리를 준비한다. 우리 집 구조는 방 하나에 거실과 식당과 주방이 딸려 있어서 같이 놀거나 밥을 먹는 거실 옆에 침실이 있다. 그곳에 우두커니 자리한 침대 옆에 이부자리를 깔았다. 청결한 냄새가 나는 베개도 야무지게 놓는다. 하지만 이곳을 친구의 잠자리라고 강요하는 건 아니다. 조금 전에 분명하게 같은 방에서 자도 되는지 물었다. 가끔 넌지시 거절할 때는 거실 테이블을 옆으로 눕혀서 세우고 이부자리를 깐다.

남색 니트 잠옷을 입은 친구가 이부자리에 눕는 것을 확인한 후 나는 머리맡의 독서등을 켜고 방 불을 끈다. 어둑어둑한 실내에 "어릴 적에 속해 있던 축구팀 합숙이 떠올라"라는 목소리가 다정함으로 가득 차 있었다.

"분명 나도 그런 경험 있는데 비상등 불빛에 희미하게 밝잖아."

"맞아 맞아! 그런 느낌 생각나."

"독서등 켠 채 잘까?"

"아니, 꺼도 돼. 아하하."

자기 전이라고는 생각할 수 없을 만큼 그녀의 목소리는 신이 나 있었다. 어릴 적 기억이 그렇게 즐거웠던 걸까. 그럴지도 모른다. 나는 어릴 적부터 무척이나 무심한 아이였다. 그녀가 소중하게 여기고 있는 추억이 나한테도 있기는 하지만, 어쩌면 또렷하게 느끼지 않았을지도 모른다.

독서등을 끄자 당연하게도 방은 깜깜해졌다. 바깥에서 고양이 울음소리가 들렸다. 그 울음소리가 이 공간과 바깥공기의 단절을 더욱 짙게 떠오르게 해 이곳이 밀폐 공간이라는 착각을 더욱 강하게 가지게 했다.

그래서 옆에서 자던 친구가 비밀 이야기를 시작하는 듯한 목소리를 낸다는 생각이 들었다.

"모모는 말이야."

새까만 가운데 나는 호흡 소리만 사용해 끄덕임을 표현했다. 끄덕이는 것은 대화 중의 부호 같은 것이다.

"지금 하는 일 좋아해?"

"일 자체는 좋지도 싫지도 않아."

이번에는 그녀가 호흡만으로 맞장구를 쳤다.

"그래도 멍하니 있으면 어느새 끝나 있고 딱히 혼나거나 짜증 나는 일을 겪은 적도 없고, 보람은 전혀 없지만 일터가 나한테 제일 중요한 장소가 아니니까 그거면 되지 않을까 싶어."

"그렇게 말해도 조금은 짜증 나는 일도 있지 않아? 일이니까."

"으음."

생각하고 생각하다 일에 대한 자신의 기억을 파헤쳐보았다. 구직 활동을 해서 취직을 하고 나서 몇 년간, 듣고 보니 짜증나는 일 한두 번쯤은 겪었을지도 모르지만, 떠올리려고 하자 거기에 안개가 낀 것처럼 구체적인 상이 맺히지 않았다. 마음을 위해 꺼림칙한 기억을 뇌가 지워버렸을지도 모른다. 그녀에게 설명할 수 없는 것은 미안하지만 짜증 나는 기억은 남기고 싶지 않은 나로서는 고마울 따름이다.

"짜증 나는 일은 딱히 생각 안 하려고 해."

"모모 성격, 좋겠다. 부러워."

"그런가? 나눠줄 수 있으면 좋을 텐데."

그녀는 어둠 속에서 쿡쿡대며 웃었다. 잠시 웃고 있었지만 이윽고 스위치를 끈 것처럼 조용해져서 벌써 자나 싶었는데 "있잖아" 하는 소리가 들렸다. 비눗방울이 날아오르듯이 목소리가 닿은 느낌이 들었다.

"내 이야기 들어줄래?"

"응, 좋아."

나한테 들어달라는 이야기가 있다면 듣고 싶다. 다름 아닌 친구의 부탁이다.

"하고 싶어서 하고 싶어서 죽을 것 같은 일이었는데 해보니 너무 지루하고 힘들어. 그런데 그 상황이 싫은 게 아니라 손에 넣고 싶어서 참을 수 없었던 걸 손에 넣었더니 간단히 질려버린 자신한테 진절머리가 나, 모모한테도 그런 적 있어?"

내 대답이 어떠하든 실은 아무래도 상관없을 것 같았지만 솔직하게 답했다.

"없어. 난 질리는 일은 어쩔 수 없다고 봐. 아주 좋아하는 거라도 계속 먹으면 맛에 질리는 섯처럼. 나는 군이 따지자면 질린 걸 무시하고 계속 먹어서 몸이 상하는 쪽이 걱정돼."

"모모, 의외로 담백한 스타일이네."

"그럴지도 모르겠어. 근데 어차피 다음번엔 다른 걸 엄청 좋아하게 될 거라고 생각해."

"그다음 게 나타나지 않으면?"

"나타나. 이 세상에 얼마나 많은 존재나 사고방식이 있는지 모르지만, 분명 좋아지는 게 있어. 단 하나하고만 운명적으로 만날 만큼 난 특별한 인간이 아닌걸."

친구는 한동안 대답하지 않았다. 나는 그 시간을 사용하기로 했다.

"근데 만약 질렸다는 걸 알아도 어떻게든 한 번 더 좋아지고 싶으면 그런 노력을 하는 건 절대 헛수고가 아니라고 생각해. 일확천금을 노리고 구멍을 파고 파고 또 팠는데도 100미터쯤에 없었던 온천이 다음 1미터에 있을지도 모르잖아. 없어도 어쩌면 언젠가 구멍을 파는 일 자체가 좋아질지도 모르고."

"……응."

"왜 그래?"

"비유가 조금 에두른 것 같아서."

어둠 속에서 아하하 웃는 소리가 들려왔다.

"그래도 마음은 전해져. 고마워. 그렇게 해볼까."

"응."

"혹시 도중에 관둬도 돼?"

"응."

"모모는 안 비웃을 거야?"

"절대로 안 비웃어."

친구의 웃음소리가 다시 울려 퍼졌다.

"모모한테 의논하길 잘했어."

의논, 이라니 그리 거창한 게 아니다. 하지만 지금의 대화로 친구가 무언가 광명, 아니, 거기까지는 아니더라도 마음속에

작게 열린 공기구멍의 존재라도 알아차려준다면 좋겠다고 생각했다. 나한테 이야기해서 다행이려나 싶었지만, 나 정도 적당한 인간인 편이 말하기 쉬울 때도 있을 것이다. 사실, 나는 친구한테서 이런 이야기를 자주 듣는다.

친구 사이다운 일상적인 이야기를 몇 가지 나누다 정신을 차리고 보니 옆에 있던 그녀의 잠든 숨소리가 들리고 있었다. 나도 자기로 했다.

이걸로 옆에 있던 그녀와의 관계는 끝이다. 서운하지만 즐거웠다.

불과 몇 시간이었지만 나는 나의 하루의 본격적인 시간, 친구와 보낸 몇 시간을 돌이켜보면서 잠이 들었다.

내일은 어떤 친구가 와줄까.

우리 집에는 평일 밤이면 매일 얼굴도 이름도 모르는 처음 만나는 여자들이 나의 귀가를 기다려주고 있다.

그것을 기대하다 보면 내일 하루의 다른 시간 따위는 무심결에 지나가버리고 만다.

멍하니 있는 동안 현관에 서 있었고 발밑을 보자 오늘은 캔버스 운동화가 놓여 있었다. 오늘도 확실히 친구는 우리 집에 먼저 와서 기다려주고 있었다. 더구나 저녁도 덤으로 딸려 온다. 이 냄새는 토마토 계열 파스타인가?

　도중에 세는 건 관뒀지만 아마 오늘 친구로 거의 400명째 정도 될 테다. 미안하게도 솔직히 모두를 선명하게 기억하지는 않는다. 만나서 그때 한 이야기를 들으면 떠오르긴 하겠지만, 매일 다른 아이가 오기 때문에 재회했던 적은 현재로서는 없다.

　멍하다는 자각을 하는 나라도 처음에는 모르는 친구가 와 있었을 때 놀랐다. 왜 우리 집에 모르는 사람이 있는지 생각했고 어떻게 우리 집에 들어왔지? 하고 궁금증을 가졌다. 도둑이나 강도나 신종 변태일 가능성도 있어서 경계했지만, 물어보면 내 친구라고 하고 내 이름도 취미도 친구밖에 모르는 비밀도 알고 있어서 그럼 내가 잊어버렸을 뿐 진짜 친구일지도 모른다고 납득했다. 하지만 다음 날에 다른 모르는 친구가 와 있었고, 더구나 다음 날에도 다른 친구가 와 있어서 일단 자신이 제정신인지 의심했지만 그녀들 또한 나를 친구로 알고 있었고 모든 친구가 나에게 해를 끼치지 않았다. 그저 같이 즐거운 시간을 보내기만 했기에 이윽고 그런 거구나 하고 이해했다. 세상이라는 넓은 존재가 내가 아는 부분만으로 이루어져 있을 리가 없어서 이런 일도 일어나는 법이라고 말이다.

　나로서는 매일 함께 식사를 해주고 놀아주고 종합적으로 즐거운 시간을 보내주는 친구가 있다는 사실에 아무 마이너스적인 요소가 없었다. 자신이 낯을 가리지 않는다는 사실도 다행이다 싶었다.

"다녀왔습니다."

"아, 다녀왔어?"

숱이 많은 까만 긴 머리에 까만 점퍼에 청바지. 표정도 조금 진지했고 메인 요리는 예상대로 나폴리탄이었다. 어제와 전혀 다른 타입인 오늘의 친구, 기대된다.

"저녁 차려줘서 고마워."

"아, 아냐. 파스타로 괜찮으려나?"

"응, 배고팠어."

여전히 나는 본 것을 바로 먹고 싶어하는 장점이 있다. 어제까지와 마찬가지로 짐을 놓고 옷을 갈아입고 손발을 씻었다. 거실로 돌아오자 텔레비전이 켜져 있었다. 오늘 친구에게 술을 마실지 안 마실지 물었다. 아무래도 그녀는 술을 못하는 듯해서 나도 그에 따랐다. 그녀는 소파에, 오늘도 나는 전용 좌식 의자에 앉아 손을 마주했다.

"잘 먹겠습니다."

"자, 잘 먹겠습니다."

마주 보고 있는 친구는 어제의 친구보다도 상당히 조심스럽게 포크를 들고 자신이 담은 샐러드를 찔렀다. 매일 나타나는 친구로는 정말 여러 사람이 있다. 어제처럼 씩씩하고 나와 거리감이 좁은 아이. 오늘처럼 친구이기는 하지만 어느 정도 거리를 유지하려고 하는 아이. 그 외에는 정말 말수가 적은 아이나 묘하게 거만한 아이도 있다. 세 번 정도 흐름에 이끌려 키스를 한 적도 있다. 일관된 것은 모두가 이런 나와 친구로 지내주고 무척이나 좋은 사람이라는 것이다. 참고로 오늘의 친구는 그렇게까지 요리를 잘하지는 못하는 모양이다.

"응, 맛있어."

맛이 없지는 않았다. 맛이 없지 않는 것은 대개 맛있다.

"지, 진짜? 억지로 안 그래도 돼."

억지로가 아니라 우리는 나폴리탄과 샐러드를 천천히 다 먹었다. 이야기를 듣고 있자니 그녀는 아무래도 직장에서 사무 일을 하는 모양인지 사람과 딱히 대화를 나누지 않아서 이야기가 활기를 띠기까지 시간이 걸리는 듯했다. "둘 다 사무직이라서 힘들겠다"라는 이야기에 분위기가 고조되려고 하다 "어떤 종류의 사무직이었더라?" 하는 질문을 받고 설명하려고 했지만 오늘 한 일도 구체적으로 떠오르지 않아서 "엑셀이라든가 그런 거"라고 적당히 대답하는 동안에 자연스럽게 그녀는 말이 많아져갔다.

"계, 계속 앉아 있으면 허리 아프지? 가만히 같은 곳에 있어

244 가고 싶지 않아

서 주변 사람들이랑 사이가 좋아질 일도 없고. 모, 모모, 모모는 직장에서 잘해나가고 있어?"

"글쎄, 계속 멍때리고만 있어. 필요한 의사소통 정도는 하지만, 나머지는 적당히 처리하고 있고."

"아, 그, 그렇구나, 나는 직장에서 서먹한 게 엄청 불편해서."

"싸운 사람이라도 있어?"

친구는 고개를 가로저었다. 숱이 많은 까만 머리카락이 좌우로 흔들렸고 거기에 확실한 부정이 나타나 있는 것처럼 보였다.

"아, 아니, 나는 아니지만 사이가 나쁜 사람들이 있어서 늘 불쾌한 분위기를 풍기고 있거든. 어떻게 할 수도 없고 말이지."

"어떻게 할 수 있는 게 아니긴 해."

나는 고개를 끄덕였고 친구는 아주 조금 평상시보다 크게 눈꺼풀을 들어 올렸다.

"해결해주기를 기, 기다리는 수밖에 없을까?"

"안 기다려도 된다고 봐. 해결할 필요도 없고. 아침에 출근해서 일하다 업무가 지체 없이 진행된다면 사이가 좋아질 필요도 없고 주변은 무시하면 돼. 신경 쓸 필요도 없고 생각할 필요도 없지 않을까?"

"그, 그래도 사이좋게 지내는 게 제일이지 않을까?"

"그 사람들이랑 친구가 되고 싶어?"

"그런 건 아니지만."

"그럼 상관없지 않아? 난 주변 사람이 너무 다정하게 대해 줘서 휘말리는 게 더 걱정이야. 밤중에 들리는 고양이끼리 붙은 싸움도 말리러 갔다가 긁히면 멍청하게 느껴지잖아. 내버려두고 질리기를 기다리는 수밖에 없어. 정말 싫으면 이사하는 수밖에 없지만, 그건 사람마다 다르지."

"그렇구나, 그래……. 아, 히루안돈이라고 하지? 그런 사고방식을."

"그렇게 근사한 건 아냐."

낮에 켜져 있는 행등, 그곳에 있어도 무의미한 것의 상징. 그런 풍경의, 근사한 것에 자신이 해당하리라고는 도무지 생각할 수 없었다. 멀거니 있는 것 정도로 됐다고 생각하고 그렇게 있고 싶다. 그래서 거추장스러운 일은 하고 싶지 않지만.

나를 만나러 와주는 그녀들뿐만 아니라 사람은 대개 고민을 끌어안고 있고 그것을 남에게 이야기해야 다소 홀가분해지는 모양이다. 나 같은 사람이라도 괜찮으면 고민 정도는 얼마든지 들어줄 수 있다. 듣고 무언가 도움이 되는 이야기를 해줄 순 없겠지만, 내 친구는 다들 다정해서 왠지 모르게 납득하는 듯한 분위기를 풍겨준다.

오늘도 같이 뒷정리를 하고 나서 친구와 놀기로 했다. 비디오 게임을 하는 것과 DVD를 보는 것, 그리고 트럼프 같은 것도 있지만, 뭐가 좋은지 물어보자 오늘도 게임이 선택되었다. 이제와 마찬가지로 잠시 게임을 하다가 마찬가지로 눈이 피로해져서 이윽고 차례대로 욕조에 몸을 담갔다. 오늘 친구도 예의 바르게 여행용 세면도구 세트를 지참하고 있었다. 그러고 보니 한동안 친구한테서 같이 욕조에 들어가자는 소리를 들은 적이 없다는 생각을 하면서 입욕을 마치자 소파에 앉아 있던 그녀가 이미 꾸벅꾸벅 졸기 시작해서 얼른 이부자리를 깔기로 했다. 본 것이라면 바로 먹고 싶어지는 것과 마찬가지로, 나는 침대에 누워 자기로 결심하기만 해도 급격하게 졸리는 타입이라서 시간이 약간 어긋나는 것은 신경 쓰지 않는다. 내 침대 옆에 이부자리를 깔기로 허락을 구하고 나란히 이를 닦았다.

누워서 불을 끄자 어느새 잠자는 숨소리가 들려왔다. 그녀에 대해 좀 더 알고 싶었지만, 업무 때문에 지쳤을 것이다. 어쩔 수 없는 일이다. 그녀가 게임 중에 보여준 소소한 미소를 떠올리면서 나도 눈을 감았다.

오늘도 즐거웠다. 내일은 안타깝지만 쉬는 날이다. 쉬는 날

또한 업무 중과 마찬가지로 멀거니 보내면 어느새 시간이 지나간다. 즉 그만큼 나는 다음 평일 밤이 애타게 기다려져서 참을 수 없다는 뜻이다.

내 친구가 몇 사람 있는지 모르지만, 언제까지나 이런 하루하루가 이어져준다면 좋겠다는 생각이 든다. 그리고 멀거니 지내는 동안에 인생이 지나가버리면 아마 그게 제일 행복할 것이다. 이런 나라도 죽는 건 확실히 무섭긴 하니까.

평일 밤이 되면 매일 우리 집에서 얼굴도 이름도 모르는 친구가 기다려주고 있다. 그런 밤을 몇 번이고 몇 번이고 반복하며 오늘도 귀가했다. 현관에는 내 것이 아닌 신발이 놓여있고 그것을 보면 늘 두근거린다. 거실 문을 열면 오늘은 대체 어떤 아이가 기다려주고 있을까. 나도 신발을 현관에 벗어놓고 복도를 걸어가 상대를 놀라게 하지 않도록 문을 열었다.

그때 놀란 사람은 신경을 쓰고 있던 나였다. 내 모습을 보고 소파에 앉아 있던 친구는 귀엽게 손을 들었다.

"야아."

어떻게 반응해야 할지 망설이기 전에 사교성이 나에게 손을 들게 했다.

"앗, 그렇구나. 응, 깜짝 놀랐어."

"응? 왜?"

친구의 질문에 대답하기 전에 우선 그녀의 온몸을 핥듯이 보고 말았다.

"만난 적 있으니까."

"어머, 그야 당연하지. 친구잖아. 무슨 소릴 하는 거야?"

그야 그렇다. 그야 그렇지만, 물론 그녀가 하는 말 같은 의미가 아니었다.

내가 하고 싶은 말은 눈앞에 있는 그녀가 기다려주고 있었던 밤이 이걸로 두 번째라는 뜻이다. 우리 집에는 평일 밤에 매일 얼굴도 이름도 모르는 친구들이 찾아와준다.

본 적 있는 아이가 기다린 적은 지금까지 한 번도 없었다.

앞으로도 없을 일이라고 생각했다. 그런데 나는 이 짙은 갈색 머리카락과 안경이 인상적인 그녀를 본 적이 있었다.

처음으로 당황했다.

하지만 바로 나름대로 납득했다. 어쩌면 친구의 비축량이 다 떨어져서 오늘부터 두 바퀴째에 접어든 것일지도 모른다. 그녀가 온 것은 첫 바퀴의 첫 번째는 아니었지만, 순서는 다시 뒤섞였을지도 모른다. 그렇다면 그것 나름대로도 기쁘다. 두 번째가 있다면 그녀들과 우정을 더 쌓을 수 있다.

"일부러 얼떨떨한 척했는데 재미없었지? 미안, 미안해."

"모모라서 진짠 줄 알았어."

하하하, 하고 둘이서 웃었다.

테이블에는 오늘도 먹음직스러워 보이는 식사가 차려져 있었다. 분명 그녀는 요리를 잘했었다. 맛있어 보이는 햄버그에서 엄청 좋은 냄새가 나고 있었다. 기대치가 높아졌다.

얼른 평소와 같은 요령으로 나는 실내복으로 갈아입었다. 젓가락을 놓는 등 저녁 식사 준비를 마치고 보기만 해도 육즙이 가득 도는 햄버그 앞의 내 전용 좌식 의자에 앉았다. 이 의자는 내 전용이다. 하지만 친구가 앉고 싶다고 하면 양보할 수도 있다. 양보할 수 없는 생각도 물건도 나한테는 거의 없다.

저녁 식사는 기억대로 맛있었다. 먹으면서 이 친구가 하던 일에 대해서는 예전에 들어서 알고 있다는 걸 떠올렸다. 이쪽에서 구체적인 이야기를 꺼낼 수 있다는, 두 번째 만남의 참다운 묘미를 맛볼 수 있는 것이다. 그런 생각을 했지만 곰곰이 따져보니 첫 번째부터 시간이 지나 있어서 그녀가 여전히 예전 일을 하고 있는지 알 수 없었다.

"아직 공무원으로 일해?"

"응, 하고 있어. 일 이야기는 별로 안 했지? 모모는 아직 예전 직장에서 일하지? 오늘은 회사에서 무슨 일이라도 있었어?"

"별나근 일 없었어."

"누구랑 이런 이야기를 했다든가도 없어?"

그 정도는 있었을지도 모르지만, 떠올리려고 해도 그다지 아무래도 상관없을 내용의 이야기였는지 전혀 생각나지 않았다.

"음, 멀거니 있었더니 일이 끝났지 뭐야."

"멀거니라."

내가 멀거니 있는 건 예전부터 있었던 일일 텐데 친구는 순간 시선을 떨어뜨렸다. 내가 멍하니 시간을 보낸다는 것에 동정이라도 해주고 있는 걸까. 네가 속상해할 일이 아니라고 전하고 싶었다.

"멍때리고 있으면 즐거워. 좋아하는 시간이 금방 찾아오고."

"아하하. 그런가? 모모답네."

그렇다, 친구라면 이해해줄 테다. 아 그러고 보니 분명 예전에 이야기를 들었을 때 그녀는 공무원이라는 직업과 관계있어서인지 자신이 꽤 여러 가지를 신경 쓰는 타입이라고 말했다. 그녀 자신보다도 나를 신경 써주고 있을지도 모른다. 첫 번째에 와줬을 때 끌어안고 있던 고민도 그녀의 그 성격과 엮인 것이었다.

"남자친구랑은 잘 지내고 있어?"

"어머, 자칭 멍때리기 선수라면서 훅 들어오네. 헤어졌어."

"아, 그렇구나. 예전부터 관계가 삐걱대서 좀 고민하는 듯하더니."

"응, 맞아. 내 예민한 성격을 못 견디겠다는 소릴 자주 들어서 어쩌면 좋을까 하고."

그래서 나는 아무리 상대를 소중히 여기더라도 상대를 위해 달라지지 않는 부분도 있으니 상대도 달라져주지 않는다면 처음부터 그건 맞지 않는 거라는 이야기를 했었다. 예를 들어 말한 것 같은데 잊어버렸다.

"모모가 직소퍼즐의 피스로 형태를 바꾸라고 해도 무리니까 그렇다면 견해를 바꾸는 수밖에 없었지. 그런데 그것도 불가능하면 안타깝지만 다른 사람에게 맡기는 수밖에 없다고 말해줬잖아. 엄청 홀가분해졌어. 두 번째지만 고마워."

그런 말을 한 모양이다. 지금 들어보니 태클을 걸 부분이 상당히 있었다. 우선 인간은 직소퍼즐의 피스가 아니다.

"기분 전환이라도 됐으면 다행이야."

"모모는 기분 전환 제대로 하고 지내?"

"응, 그러고 지내."

매일 밤 이 시간이 그렇다. 하지만 애초에 나한테 전환할 기분 따위가 있긴 할까.

"모모한테 고민 같은 게 있으면 나라도 괜찮으면 들어줄게."

"고민이라, 없는 것 같아."

"전혀?"

"응, 난 이 하루하루에 만족하고 있어. 아, 그래도 진짜 굳이 말하자면 하나 있어."

"그래그래, 뭔데?"

"언젠가 죽는 게 무섭다고 할까."

친구는 안경이 흘러내릴 듯한 기세로 고개를 오른쪽으로 까딱 기울였다.

"그건 생명체 모두가 그럴 거야, 그리고 어쩔 수 없는 일이고."

"어쩔 수 없는 일일까? 요즘에 내 생각에 제일가는 해결책은 멍하게 지내는 거라고 봐. 그러다 죽는 게 나아. 그래서 난 매일 멍하니 고민에 맞서고 있어."

"말하기에 따라 달렸네. 멍하니 있으면 소중한 것도 잊을 것 같아."

"그건 그럴지도 모르지."

"관계는 없지만 맞선다는 말은 히루안돈한테는 안 어울리는 것 같아."

"그렇게 근사한 게 아니라니까."

"그래도 흔히 듣잖아? 마음에 안 들어?"

"마음에 안 든다고 할까, 그런 거창한 게 아니라고 생각할 뿐이야. 그래도 분명 자주 듣긴 해, 히루안돈이라고."

처음에 부르기 시작한 것은 친구 중 누구일까. 의외로 자신이 말하기 시작했다가 잊어버린 것도 불가능한 이야기가 아니다.

저녁을 다 먹고 매일 그렇게 뒷정리를 한다. 오늘의 친구는 식사와 술을 구분하는 타입이라는 걸 알고 있어서 지금부터 뭘 할까 하는 질문과 더불어 술은 뭘 마실지도 물어보았다. 오늘은 둘이서 영화를 보면서 같이 술을 마시기로 했다.

영화를 다 보고 감상평을 서로 주고받고 텔레비전을 적당히 보고 있으니 시간이 지나갔다. 욕조에 몸을 담그고 또다시 적당히 텔레비전을 보는 중에 두 사람 다 비슷한 타이밍에 하품을 했다. 잘 시간이다.

같은 방에서 나는 침대, 그녀는 이부자리에서 잔다. 그러고 보니 두 바퀴째라는 것은 침대에 둘이서 자는 타입의 친구도 다시 온다는 소리다. 커버를 세탁해둬야겠다.

방을 어둡게 해서 침대에 누웠다. 그녀는 바로 곯아떨어지는 타입의 아이가 아니었을 터다.

"모모, 이야기 좀 해도 돼?"

"응, 그럼."

그녀가 자세를 바꾸는 소리가 들렸다.

"조금 전에 모모가 말했던 죽는 게 무섭다는 게 고민이라는 말에 대해서 생각하다가 나, 모든 생명에 있어서 다 그렇다고 했는데, 거짓일지도 몰라."

"거짓이라고?"

"응, 거짓이랄까, 어쩌면 그렇지 않을지도 모른다고 생각했어. 난 매일 그렇게 죽는 걸 무섭다고 생각하면서 살지 않거든. 분명 생각하면 무섭지만, 왜일까. 어쩌면 내가 살아 있는 걸 제대로 실감하고 있지 않을지도 몰라."

"먹거나 자거나 하는데도?"

"응, 그래. 매일 같은 걸 반복하는 중에 현실에 안개가 낀 걸지도 몰라. 뭔가 더 중요한 게 있는데 잊어버리고 있는 것 같은. 모모는 그런 감각 없어?"

"글쎄, 없는 것 같아."

멍하니 지내지만, 그래서 잊어버린 것에 중요한 게 있었던 듯한 느낌은 들지 않는다.

"그 잊고 있는 듯한 중요한 거라는 게 뭐라고 생각해?"

내가 묻자 친구는 어째서인지 망설이듯 숨을 크게 들이쉬었다.

"모모는 달라지지 않는 매일이 싫지 않아?"

그녀는 내 질문에 답하지 않았다. 조금 전에 주저한 것은 내 질문을 무시하는 것에 대한 반응이었을지도 모른다. 그런 사실에 죄책감을 가지다니 배려심 깊은 그녀다웠다.

"싫지 않아. 이런 매일이 쭉 이어지는 사이에 몇백 년이나 살 수 있다면 최고겠다 싶어. 무리겠지만."

"그래도 같은 매일이 이어지면 새로운 발견도 자극도 꿈을 이루는 것도, 게다가 예를 들자면 연인이 생기는 일도 없어질지도 몰라."

무척이나 중요한 사실을 이야기하듯이 그녀가 말했다.

"꿈에다가 연인이라. 그것도 즐거울지도 모르지만 이 매일이랑 어느 쪽이 중요한지 난 잘 모르겠어."

"그렇구나."

"응, 멍하니 지내는 것도 즐겁고. 그런데 영원히는 무리겠지."

"선택할 수 있다면 좋겠네."

그건 나에 대한 질문이라기보다 일반론이라는 어감이었기에 "그러게"라고 수긍했다.

"모모, 난 말이야."

"응."

"친구를 구하고 싶어."

"그거 근사한 일이네."

그 말로 단락 짓고서 대화는 끝났고 이윽고 잠자는 숨소리가 들려왔다.

그녀가 조금 전에 무시한 내 질문에 대답했다는 걸 알아차린 것은 나중이었다.

내 예측이 어긋난 것을 다음 날 거실 문을 열고 알았다. 나는 틀림없이 어제 친구부터 두 번째 바퀴가 시작된다고만 생각했는데 돼지고기김치볶음을 만들어 거실에서 기다려준 것은 또다시 얼굴을 본 적도 없거니와 이름도 모르는 친구였다.

"다녀왔어? 모모, 매운 거 끄떡없지?"

"응, 때마침 매운 게 좀 당겼어."

어떤 사태가 일어나든 나는 본 것이 먹고 싶어지는 특성이 있다.

좌식 의자에 앉아 돼지고기김치볶음을 먹음직스럽게 썹으면서 잠시 어떻게 된 일인지 생각했지만 바로 관뒀다. 딱히 어떻게 해서든 알고 싶은 것도 아니어서였다. 어쩌면 한 번 온 아이는 더 이상 오지 않는 규칙이 아니라 매일 정말 무작위로 여자아이가 선택되고, 수많은 친구들 중에서 어제 우연히 그녀에게 두 번째가 돌아왔을 뿐일지도 모른다. 그 어쩌면, 으로 딱히 상관없었다.

평소와 마찬가지로 나는 친구와 무척이나 즐거운 시간을 보내고 잠시 고민을 듣고서 잤다. 그러한 반복. 그걸로 충분하다.

"다녀왔어?"

"아, 응……."

충분할 터였는데 열흘 후 안경에 짙은 갈색 머리카락에 성격이 예민한 그녀와 세 번째로 만났기에 멍하니 있던 나도 놀라서 이상한 소리를 내고 말았다.

"왜 그래?"

"아니, 설마 이렇게 빨리 올 줄은 몰라서."

어떻게 된 일인지 몰라서 솔직하게 말해보았다. 나와 친구의 관계 자체에 개입하는 발언을 하는 건 실로 오랜만이었다. 어째서 나는 친구일 터인 그녀들을 모르는지 완전히 아무래도 상관없어져 있었다.

"미안, 민폐였어?"

"설마, 지금까지 없던 일이라서 놀랐을 뿐이야."

그리고 지금도 이제 아무래도 상관없어졌다. 이 아이와 내 궁합이 잘 맞을지도 모른다. 혹은 그녀가 나를 무척이나 만나고 싶다고 생각해주고 있든지.

그날도 그녀외는 무척이나 즐거운 시간을 보냈다. 야키소바를 같이 먹고 SF영화를 같이 보고 술을 마시고 욕조에 들어갔다가 같은 방에서 잤다. 마지막에 "오늘 영화처럼 이 세상이 전부 거짓이라면 어떻게 할래?"라는 질문을 받았다. 나는 "내 주관적인 생각이지만 행복하다면 그걸로 충분할 것 같아"라고 답했다.

다음 날에는 역시 전혀 모르는 친구가 집에 왔고, 그다음 날에도 또 그다음 날에도 다른 아이가 와서 평소대로의 내 일상이라고 생각했는데 역시 나도 무시할 수 없어졌다.

"다녀왔어?"

나흘 만에 하는 재회였다.

"어떻게 된 일이야?"

"어떻게 된 일이라니?"

나는 옷을 갈아입지 않고 그녀가 만들어준 돼지고기생강구이 앞에 놓인 자신의 전용 좌식 의자에 앉았다.

"우리 집에 너만, 뭐랄까, 자주 와."

솔직히 말했다. 그것 말고는 표현할 말이 없었다. 아무래도 상관없다고 여겨도 될 터였을 텐데 나의 이 생활에 대한 그녀의 존재가 무언가 의미를 가지고 있을지도 모른다는 생각이 조금 들었다.

내 말을 정면으로 받아들이며 그녀는 천천히 미소를 짓고 그러다가 바로 무서울 정도로 진지한 얼굴을 했다. 그 얼굴을 보고 나는 아무래도 상관없다고 생각할걸 그랬다고 후회했다.

"궁금해졌어?"

"아니."

"뭔가 이상하다고 생각했어?"

"글쎄."

적당히 맞장구를 치고 있던 중에 상대가 이 이야기를 그만 둬주면 좋을 텐데 생각하기 시작했다. 난해한 이야기에 말려들 것 같은 기분이 들었던 것이다.

"글쎄라니, 그런 점은 진짜 히루안돈이네."

"그렇게 거창한 게 아니라니까."

"그러게. 남한테 일방적으로 단정 지어진 말치고는 걸맞지 않아."

이야기가 맞물리고 있지 않다는 느낌이 들었다.

"모모, 하고 싶은 말이 있어."

"응."

"이걸 들을지 말지는 모모가 결정해야 해."

나한테 결정권이라니 더더욱 불길한 예감이 들었다. 가능하다면 듣고 싶지 않다. 내가 먼저 이야기를 꺼낸 건 사과해야 한 듯했다.

"그런데 난 아주 조금이라도 궁금증이 생겼다면 늘어줬으면 좋겠다고 생각해."

결정권을 쥐게 해줬으면 그걸 검처럼 치켜들어서 푹 찌르고 싫어!라고 말하는 것도 가능하겠지만, 친구에게 들어줬으면 좋겠다는 소리를 듣고 거부할 수 있을 만큼 나는 분명한 의사를 가지고 살아오지 않았다. 검은 옆에 두고 말았다.

"듣기만 할게."

진지한 표정을 짓다가 그녀는 또다시 천천히 미소를 지었다. 이 사람은 정말 내 친구일까 싶었다. 그녀의 미소에 불편함과 흡사한 신선함이 있어서였다. 처음 만난 다른 친구들에게는 없던 품종 개량의 싱그러움을 느꼈다.

"고마워, 분명 모모를 위한 일이 될 거야."

그렇다면 부디 지금 당장 눈앞에 있는 밥을 먹자는 그런 이야기를 해줬으면 했다. 하지만 물론 그녀가 나를 위한 일일 거라고 판단했다는 이야기는 그런 유의 것이 아니었다.

그녀는 지금까지 했던 어떤 말보다도 하기 힘든 일을 하는 듯한 톤으로 이야기하기 시작했다.

"우선 난 모모의 친구가 아니야, 실은."

"아."

"그건 알아차렸어?"

"아니, 조금 전에 그런 느낌이 들었을 뿐이야."

조금 전이라는 말에 친구가 아닌 그녀는 반응하다가 바로 아무래도 상관없다고 생각하기로 한 듯했다.

"더 말하자면 매일 널 만나러 오는 친구가 있지?"

"응."

다들 좋은 사람들이었다.

"그 여자애들 다 실은 모모의 친구가 아니야."

"뭐어?"

그렇게 다정하게 대해줬는데.

친구가 아니라는 말에 담긴 의미를 생각해보았다. 친구가 아니라서 내가 그녀들을 몰랐던 것은 납득이 갔다. 하지만 그녀들은 나를 알고 있었다. 친구도 아닌 여자의 집에 와서 우호적으로 대해주고 있었다. 식사까지 차려주고. 적어도 좋은 사람들이라는 것은 틀림없다.

"친구처럼 연기하게 되어 있어."

"그렇구나."

"충격일지도 모르지만."

"놀라긴 했지만, 뭐 그런 일도 있을 수 있지."

속내를 그대로 말했을 뿐인데 그녀는 여섯 개 들어 있는 아이스크림 과자 중에서 하나를 빼앗긴 표정을 지었다. 분명 내가 어마하게 놀랄 것을 은근히 기대하고 있었던 걸 테다. 앞으로의 이야기가 하기 쉬워질지도 몰랐다. 그렇다면 그렇게 놀라지 못해서 미안할 따름이다.

"모두 누구한테서 내 친구로 지내달라는 말을 들은 거야?"

"아, 응, 모모를 관리하는 사람들한테서."

"관리?"

이 건물의 관리인을 말하는 건 아닌 듯했다. 아빠나 엄마를 말하는 걸까. 저 아이와 사이좋게 지내달라는 식의.

"자세한 이야기를 하려면 끝이 없으니 뭉뚱그려 말할게."

"응, 자세한 이야기는 딱히 필요 없어."

"그건 나중에 이야기해줄게."

결국 들을 필요가 있는 모양이다. 낙담했지만, 뭐 번거로운 일은 뒤로 미루는 편이 좋다.

"지금 모모가 놓여 있는 상황을 간단하게 설명할게."

"응."

"모모는 지금 자신의 인생을 살고 있지 않아."

와닿지 않는 이야기가 시작됐다고 생각해서 와닿지 않는다는 표정을 지었다.

"살고 있어. 아침에 일어나서 회사에 갔다가 퇴근해서 밥을 먹고 있고."

"살고 있지 않아. 그런데 죽은 건 아니라서 모모가 진짜 체험하고 있는 건 지금 말한 것 중에는 퇴근해서 밥을 먹는다는 것뿐이야. 나머지인 아침에 일어나서 회사에 간다는 건 모모의 착각에 불과해. 평범하게 이 집 바깥에서 살아가는 우리랑 마찬가지로 생활하고 있다고 착각하고 있어."

그녀가 하는 말을 따져보다가 이번에는 확실히 와닿아서 생각한 것을 솔직하게 말했다.

"회사 쪽이 착각이라서 다행이야."

털썩, 소리가 나는 것처럼 그녀는 고개를 오른쪽으로 쓰러뜨렸다. 내가 하는 말의 의미를 이해하지 못했을지도 모른다.

"밥을 먹는 쪽이 사실이라서 다행이야."

"응, 뭐 그럴지도 모르겠지만, 착각하고 있다는 사실에, 뭐어?!라고 하지 않는구나. 모모가 패닉을 일으키면 어쩌나 조금 걱정했는데."

"떠올리려고 해도 흐릿하니까 그게 착각이라는 말을 들으니 그렇구나 싶지."

그녀는 한숨을 살짝 쉬었다. 남아 있지 않은 내 기억이 상

…잉 이상이었던 걸까.

"참고로 모모의 성격이 멍해서 히루안돈이라는 설정은 여기 오기 전에 모두가 배운 거야."

"모두라는 건?"

"우리들 말이야. 여기에 유사 친구 관계를 즐기러 오는 모두."

"그 모두한테 내가 포함돼 있어?"

상대가 놀란 얼굴을 했다.

"응, 아니, 포함돼 있지 않지만, 무슨 뜻이야?"

"나도 매일 즐기고 있었으니까, 여기에 친구 관계를 즐기러 오는 사람들 중 한 명인가 해서. 나로서는 유사한지 미묘하지만."

"그렇구나. 모모는 어느 정도 즐기고 있었구나."

"아니, 전력으로 즐겼어."

정말 그랬다. 지금까지 만나온 얼굴도 이름도 모르지만, 나를 알고 있는 친구들. 그녀들과 저녁을 먹는 한때나 함께 떠는 수다를 진심으로 즐겨왔다. 이제 와서 유사할 뿐이라고 해도, 그쪽은 그랬을지도 모르지만, 이쪽은 이미 모두의 행복을 바라고 있으니까 취소할 수 없다. 이쪽은 유사 친구가 아니었다. 어쩔 수 없다.

"아, 그럼 그런가, 그렇구나. 여기에 오는 아이들은 나에 대해 배웠고, 그래서 친구가 아닌데도 날 알고 있었던 거네."

정답이었는지 그녀는 다급히 고개를 끄덕였다.

"모모가 있는 이곳을 선택해서 왔다고 하는 편이 정확하려나. 모모랑 하룻밤만 친구 관계를 즐기고 싶어 하는 여자아이들이 이곳에 와. 규칙이나 하룻밤을 보내는 요금도 정확하게 모모를 관리하는 사업체 사람들이 결정하고 있고."

"얼마 정도야?"

"하룻밤에 1만 엔 정도려나?"

"비싸."

그 아이들은 별다를 거 없는 그런 밤에 돈을 그만큼 들여도 괜찮을까. 여행 같은 데에 더 사용해도 될 텐데.

"선택해서 온다는 말은 그 외에도 있다는 거네. 나처럼 매일 밤마다 모르는 친구를 만나는 아이가?"

"많아. 그런데 보통은 자신의 현실을 좀 더 강하게 오해하고 있는데 모모는 첫 단계에서 받아들여서 조금 특수하다고 해야 하나."

"저기, 돼지고기생강구이 한번 먹어봐도 돼?"

"이야기 듣고 있어?"

"응, 근데 배가 고파서."

셰프로부터 허락이 떨어져서 나는 김이 나지 않는 돼지고기생강구이를 볼이 미어지게 먹었다. 간을 세게 해서 밥이 당겼고 먹어도 되는지 묻자 그 질문에도 분명하게 허가를 받았다. 그녀가 차려준 식사는 오늘도 맛있었다. 중요한 이야기를 하러 왔을 텐데도 식사를 빼놓지 않은 배려심에 그녀답다는 느낌이 들었다. 어쩌면 그것도 거짓일지 모르려나.

"넌 다른 애들이랑 다르게 나랑 친구로 지내고 싶어서 온 게 아니지? 그럼 남자친구에 대한 이야기는 거짓말한 거야?"

"거짓말 아냐. 처음에는 나도 다른 애들이랑 같은 목적으로 자신을 모르는 다정한 아이랑 홀가분히게 친구로 지내고 싶어서 이곳에 왔어."

"그렇구나, 그래도 두 번째 세 번째는 달랐구나."

"응, 다른 목적이 있어서 왔어. 모모가 신경 쓰인 건 나만 몇 번이나 이곳에 와서지?"

"응. 아, 밥 안 먹어도 괜찮아?"

"괜찮아."

때마침 식사 시간인데 그녀는 배가 고프지 않은 걸까. 미안하지만 나는 혼자서 큼직한 고기를 씹고 밥을 입으로 옮겼다. 꼭꼭 씹어서 전부 다 삼키고, 그러고 보니 마실 것을 잊고 있었기에 냉장고에서 보리차와 컵 두 개를 가지고 왔다.

"맞아 맞아. 두 번째 세 번째까지는 뭐 그럴 수도 있지 생각했는데 오늘은 역시 무작위인 것치고는 이상하다고 생각했어. 그런데 딱히 그렇게까지 중대한 문제라고는 생각 안 했어. 신경이 쓰인 정도였어."

"매일 모르는 사람이 오는 데 비하면 그럴지도 모르겠네."

"그쪽도 딱히 중대하다고는 생각 안 했어. 중대해진 건 네가 나한테 이야기해서야. 중대하다는 걸 모르면 중대하지 않아. 마을 축제 제비뽑기에 당첨이 들어 있지 않은 것도 모르면 아무래도 좋은 일이니까."

"그건 아니라고 봐."

그럴까.

"들어봐, 모모."

친구의 진지한 눈빛 앞에서 나는 일단 젓가락을 내려놓았다.

"이 세상에는 알아야만 하는 게 있어. 그게 자신과 관계 있고 더구나 부당하다면, 알아내서 자신의 인생을 스스로 선택해야 해."

"흐음."

내 목소리는 그대로 의문의 의미를 담고 있었다.

과연 정말 그럴까. 반드시 알아야만 하는 게 정말 있을까. 그리고 내가 놓여 있는 이 상황은 과연 부당하다고 할 수 있을끼.

생각하는 바가 있었다. 하지만 그녀의 다정함에는 감사해야 한다.

"즉 넌 내가 모르는 걸 알려주기 위해서 몇 번이나 이곳에 와줬다는 거네?"

"응, 맞아. 본래 같은 아이한테 몇 번이나 만나러 가는 건 금지돼 있는데 내 조촐한 입장을 이용해서 오늘도 여기에 왔어."

"멋지네. 조촐한 입장이라니."

"그렇게 멋진 것도 아냐."

늘 내가 히루안돈이라는 소리를 듣고 대답하는 말이다.

"그렇구나."

나는 별다른 의미 없이 천장을 보았다. 무언가 생각을 투영하려고 한 게 아니라 정말로 별다른 의미가 없었다.

시선을 정면으로 되돌려도 눈앞의 그녀는 여전히 진지한 얼굴을 하고 있었다. 대단하다 싶었다. 나 같은 애를 위해서 이렇게 오랫동안 진지한 표정을 지어주다니.

"이야기하는 건 모모가 내 존재를 궁금하게 여기고 나서라고 정했었어. 모모의 의지로 알고 싶다고 생각해주면 말이지."

실은 딱히 그런 생각은 하지 않았지만. 유도신문에 걸려든 듯한 느낌도 있지만, 스스로 깨달았다고 해도 상관없다. 사람은 깨달았을 때 제로서부터 생각이 번뜩이는 것도 아니고, 그녀가 하고 싶은 중요한 말은 그 점이 아닐 테니까.

"그리고 모모가 선택해줬으면 했어. 지금까지 갇혀 있던 생활로도 괜찮은지, 아니면 바깥으로 나가서 생활할지."

"아, 나갈 수 있구나."

그렇구나, 즉 그녀는 나한테 살아가는 데 있어서 선택지를 주러 온 것이다.

"응, 내가 한 말을 믿어준다면이지만."

그런가. 애초에 이 이야기 자체가 거짓이고, 친구가 나를 놀리고 있을 가능성도 있다는 소리인가.

"믿어."

거짓이라고 해도 속는다고 해도 내가 뭔가 불이익을 당하는 게 아니다. 당할지도 모르는 불이익을 나는 모른다. 그건 나한테 진지한 시선을 보내고 있는 친구를 믿는 이유가 되었다.

"아, 그런데 맞다. 가족은? 내가 여기에 갇혀 있는 거 걱정하고 있으려나?"

"없어."

사실이라면 여기서 그녀가 한 말에 담긴 의미를 바로는 이해하지 못하는 쪽이 자연스러운 느낌이 들었다. 하지만 공교

럽게도 나는 최근에 그녀와 같이 그런 타입의 영화를 보았다. 주어진 인생이 가짜였고 자신이 알고 있던 가족은 모두 환상이라는 그런 영화. 그래서 바로 어떤 것인지 여실히 와닿았다.

"그렇구나, 그건 정말 슬프네."

"모모가 지금까지 보낸 인생은 모두 심어진 기억으로 이루어져 있어, 안타깝게도."

역시 그런 모양이다. 유별나게 사이가 좋았던 건 아니지만, 무난하게 자상하고 무난하게 엄격했던 아빠와 엄마를 생각하니 정말 슬펐다.

"미안, 모르고 싶었을지도 모르겠네. 그런데 난 지금까지 타인에게 인생이 만들어져온 모모가 자신의 힘으로 삶의 방식을 분명하게 정해줬으면 해. 나만 그럴지도 모르지만, 처음 만났을 때 진심으로 모모랑 친구가 되고 싶었으니까, 이렇게 말하러 왔어."

"사과 안 해도 돼. 알아버린 건 어쩔 수 없으니까."

더구나 나도 마찬가지였다. 그녀뿐만 아니라 이곳에 와준 모든 여자아이들을 나는 친구라고 생각해왔다. 그런 여자아이들 중 한 사람에게서 진실을 들었다고 해도 원망하지 않는다. 만약 듣기 전에 이런 이야기라는 걸 알았다면 거부했을 테지만.

나는 또다시 천장을 보았다. 이번에는 지금까지 들었던 말을 종합해서 생각해보려고 했다. 그녀가 한 말처럼 나는 살아 있으니 한 가지 행동이 늘 같은 의미를 가지지 않았다. 생각해보면 이 하루하루 나는 같은 행동을 계속해왔지만, 손발 씻기도 옷 갈아입기도 칫솔질도 자는 것도 매일 그곳에 있어주는 친구로 인해 전혀 다른 의미를 가지고 있었던 듯하다. 그런 느낌이 들었을 뿐인 걸지도 모른다.

　어쨌거나 나는 가족이 없고 일도 하고 있지 않다. 그녀의 말에서 생각해보건대 이곳에서 친구를 상대하는 것이 일일지도 모르는데, 그렇다는 것은 매일 냉장고에 들어 있는 마실 거리가 월급이라는 걸까. 그래서 사서 채워 넣은 기억이 흐릿하다는 생각이 들었다. 그리고 친구가 만들어준 저녁식사도 월급으로 처리되고 있을지도 모른다.

　"응? 그 말은 여기서 나가서 생활하는 것도 가능하다는 소리네?"

　"응, 난 모모한테 그 가능성을 제시하러 왔어."

　"살 곳이라든가 일은 어떻게 돼?"

　내가 이 장소에 사는 요정이라면 그렇다 치더라도, 내 주관적인 생각에 지나지 않지만 아무래도 그런 환상적인 일은 없을 것 같았다. 이 집 바깥 세계와 내 기억 속에 있는 세계가 돈인하다면 버듯하게 살 장소나 돈이 필요할 것이다.

"그건 나가고 나서 찾아야 해. 일단 모모의 머릿속에는 이 집을 계약한 경위라든가 취업 활동을 한 기억도 있을 테니까 지식적으로는 문제없을 테지만 그 점은 내가 협력할 테니 안심해."

"그래? 그건 만약 그때가 되면 잘 부탁할게."

고개를 꾸벅 숙이자 내가 고개를 들기 전에 "확실히 책임질게"라고 그녀는 무거운 어조로 말했다. 또다시 한 가지 신경 쓰이는 게 생겼다.

"내가 바깥으로 나간다고 하면 네가 혼이 나거나 하지는 않아?"

그렇다, 이런 상황, 내가 본 적 있는 영화에서는 대개 나 같은 존재에게 진실을 알려준 사람을 쫓기는 신세가 된다. 이제부터 둘이서 탈주극을 펼치게 되는 걸까.

"그것도 괜찮아. 안심해."

"조촐하게나마 입장이라는 게 있으니까?"

"조금은 있지만, 사실을 말하자면 내가 말하지 않더라도 모모는 스스로 위화감을 가지고 언제든지 여기를 빠져나갈 수 있었어. 사실 그렇게 해서 여기를 나간 아이들이 많고 여길 관리하는 사람들도 그걸 말리지는 않아."

"어떻게 하면 나갈 수 있어?"

이 장소를 나가는 몇 가지 방법에 대해서 나는 그녀에게 설명을 들었다. 그 모든 게 놀랄 만큼 허무했고, 하지만 분명 지금까지 내가 취하지 않았던 행동뿐이었다.

"그래서 모모가 원하면 오늘이라도 자유로운 몸이 될 수 있어."

"자유란 말이지."

솔직히 그 말에는 여실히 다가오는 게 없었다. 지금까지 자신이 자유롭지 않게 살아왔다고 생각한 적이 없어서였다. 덧붙인다면 나에게 주어지지 않은 일반적인 감각으로서 일도 하지 않고 집에서 친구가 차려준 밥을 먹고 잘 뿐이라니 그게 바로 자유가 아닌가 하는 생각도 있었다. 하지만 그녀가 말하는 자유의 의미도 물론 안다. 선택하는 것이다. 지금까지 직장이나 연인을 선택한 것처럼. 지금은 그것들이 그저 심어진 기억이라는 걸 알아버렸지만.

"물론 모모한테 달렸지만 난 모모가 더 넓은 세상에서 살아가줬으면 해."

그 말을 하기 위해서, 본질적으로 친구도 무엇도 아닌 나한테 선택의 자유를 주기 위해서 그녀는 이곳에 몇 번이나 오는 수고를 들였고 아마 4만 엔이나 들여 식사를 차리고 진지한 표정은 지어준 것이다. 고마운 이야기다.

　어쩌면 그녀에게도 무언가 목적이 있을지도 모른다. 잘 모르지만 나 같은 대우를 받고 있는 아이를 구출하려고 활동하는 NPO였다든가. 사람을 돕는 비영리단체가 많다는 것은 대학에서 배웠다, 는 기억이 있다.

　만약 그녀의 행동에 그녀 자신을 위한 이유가 있다고 하더라도 절대 그녀가 나를 위해 움직여줬다는 가치가 닳지는 않는다. 예를 들어 실은 그녀가 먹고 싶어서 나한테 사준 아이스크림을 그녀에게 한 입 준다고 해도 내가 아이스크림을 받을 수 있다는 건 변함없다. 그래서 그녀에게는 감사함 말고 다른 감정을 가지고 있지 않다. 부모가 없다는 사실이나 실은 친구가 아니라는 말을 했다고 하더라도 그건 진실이니 어쩔 수 없다.

　"모모, 어떻게 할래?"

　생각해야만 한다. 자신이 어떻게 하고 싶은지, 그녀의 진지함에 걸맞을 정도로 진지하게. 평소라면 무척이나 거추장스러운 국면이지만 그녀에게 실례니까 신중하게 생각했다.

　천하의 나도 자신의 인생에 이런 일이 일어날 줄은 생각지도 못했다. 설마 지금까지의 자신의 대부분이 허구였다니. 하지만 일어나버린 일이니 받아들이고 앞으로의 자신의 인생을 선택해야 하는 모양이다.

생각하고 또 생각하고 있는데 그녀가 보리차를 자신의 컵에 따라서 한 모금 마셨다. 보고 있다가 눈이 마주쳤고 그녀는 고개를 한 번 꾸벅 끄덕였다.

"시간이 걸려도 좋아. 중요한 일이니까."

우연찮게도 나도 때마침 같은 생각을 하고 있었다. 그래서 그렇게 말해준다면 역시 그래야겠다고 정했다.

"그럼 아직 잠시 더 이곳에 있을게."

"알겠어. 그렇다면 일주일 정도 후에 다시 올 테니 대답을 들려줘."

응? 하고 생각하다가 대화가 어긋났다는 사실을 알아차렸다.

"미안, 내 말주변이 부족했나봐."

자신의 생각을, 선택한 자유를, 확실히 설명해야 한다.

"아직 망설인다는 게 아니라 아직 이곳에 있겠다고 결정한 거야. 그래서 일주일 후에 와줘도 지금과 답은 달라지지 않을 거야. 그래도 와주는 건 기쁘니까 같이 밥 먹고 술도 마시고 영화 보고 얼른 자자."

그녀의 표정이 그다지 본 적 없는 것으로 변화해갔다. 마치 이야기가 통하지 않는 상대를 본 것 같았다.

"……저기, 모모. 그 말 진심으로 하는 소리야?"

"응."

그녀는 말을 듣지 않는 아이를 대하는 선생님처럼 다시 한 번 등을 꼿꼿하게 세웠다.

"모모, 다시 한 번 더 곰곰이 생각해봐."

"응, 곰곰이 생각해보고 정했어. 바깥세상이 있다는 걸 듣고 난 지금의 생활이 무척이나 좋다고 새삼 생각했어. 이렇게 근사한 생활은 달리 상상할 수 없어."

생각하면 할수록 속으로 그렇게 생각되었다. 먹고 마시고 놀고 자고 매일 나를 만나러 와주는 친구를 볼 수 있다. 이따금 친구들의 고민을 들어줄 수도 있다. 내가 지식으로만 아는 바깥세상은 분명 그렇지 않다. 훨씬 많은 쓸모없는 성분이 섞여 있다.

"지금과는 다른 세상을 보고 싶다는 기분도 들지만, 호기심보다 지금의 세상을 놓치고 싶지 않아. 어라? 혹시 알게 되면 내일부터는 더 이상 아무도 안 오게 돼? 아니면 한 번 바깥으로 나가도 다시 돌아올 수 있으려나? 그렇다면 다시 생각해보겠지만."

"내일부터도 여기에 누군가는 와. 그리고 한 번 바깥으로 나가면 다시 못 돌아와."

"그럼 역시 그냥 여기에 있을게."

"말도 안 돼. 괜찮겠어?"

"괜찮아. 뭔가 안 좋은 거라도 있어?"

"그야 여긴 모모의 진짜 세계가 아니잖아."

"으음."

히루안돈이라고 자주 불린다.

그건 아무래도 이곳에 오기 전에 친구가 배우는 내 설정이나 특징인 모양이지만, 나 자신은 그렇게 근사한 게 아니라고 생각한다. 한낮에 행등을 켜놓고 있어도 희미하게밖에 보이지 않으니 바꿔 말해 흐리멍덩한 사람을 히루안돈이라고 말하는 듯하다. 나한테는 어울리지 않는다. 동경하기는 한다. 나는 스스로 희미하기를 바라고 있다. 그게 자신의 행복으로 이어진다고 생각한다. 히루안돈처럼 그저 존재하는 것만으로 희미하게 있을 수 있다면 더 즐거울 텐데 싶다.

나는 미안하지만 히루안돈이라 불려도 되는 사람이 아니다.

양보할 수 없는 의지는 거의 없지만, 조금은 있다.

"내 진짜 세계는 내가 정할게."

"그건."

"아무도 내 진짜 세계는 정할 수 없지 않을까. 나도 네 진짜 세계를 정할 수 없고."

나를 생각해주지 마지않는 친구는 고개를 크게 가로저었다.

"그럴지도 몰라. 하지만 객관적인 사실이라는 게 있어. 이곳은 진짜 세상이 아니야. 포근할지는 모르지만. 한 걸음 바깥으로 나가보면 그저 차갑고 큰 상자야."

"난 본 적 없으니까."

분해서 이를 간다는 게 이런 걸 말하는구나 하고 친구의 얼굴을 보고 생각했다. 그녀가 모쪼록 납득해주기를 바라서 나는 생각했다.

"예를 들어서 말이지."

"뭐?"

"예를 들면 학교나 사회에 나가고 싶지 않은 사람이 있어. 그 사람에게 있어서 집이나 다른 장소에서 지내는 일이 행복이야. 생활은 어떻게 꾸려나가나 주변에서 생각하겠지만, 실은 집에서도 부지런히 공부하고 있고 일을 하고 있지. 그는 만족하는데 주변 사람들만 말하는 거야, 학교나 사회에 안 나가는 건 이상해, 그쪽이 진짜 세계인데라고."

이건 조금 더 표현을 궁리해야 했을지도 모른다고 알아차렸을 때는 이미 늦었다.

"모모가 나를 그렇게, 외부인이 간섭을 한다고 생각하는 심정도 이해하지만."

"친구라고 생각해."

"그렇다면."

"친구니까 내 진짜 세계를 존중해주면 기쁠 것 같아."

"난 진짜 세계에 있는 친구를 존중하고 싶어."

"미안해."

네가 하는 말을 들어줄 순 없을 거야, 라고 똑똑히 생각하고서 사과했다.

그야 그 말은 네가 바라는 내가 되어달라는 뜻이니까. 그걸 받아들이면 나와 네 관계는 대등해지지 않으니까. 친구가 아니게 되니까. 너랑 친구로 지내고 싶은 나는 그런 네 바람을 이루어줄 수 없어.

"난, 너의 진짜 세계에 있는 너랑 나의 진짜 세계에 있는 나, 그렇게 친구로 지낼 수 있다면 좋겠어."

"이런 장소."

그녀가 구분 지어 한 그 말에 이어지는 말은 듣지 않는 편이 좋겠다 싶어서 나는 귀를 막으려고 했지만 내 양손보다 먼저 그녀의 말이 귀에 닿았다.

"이런 장소는 진짜 세상이 아냐. 제대로 된 행복도 고생도 모르고 살아가고 있어, 모모는."

그 말이 전적으로 맞을지도 모른다.

"응, 살아가고 있어. 네가 그렇게 말해준 것처럼 살아가고 있고 생각하고 있고 차려준 밥을 맛있다고 느끼고 있어. 고생은 하고 있지 않을지도 모르지만, 나도 너도 안 하면 좋겠다고 바라고 있어. 행복은, 내 행복은, 아마 지금은 여기에 있을 거야."

나는 선생님을 앞에 둔 학생처럼 이 순간 등줄기를 한 번 꼿꼿하게 세우고 그녀에게 고개를 숙였다.

"알려줘서 정말 고마워. 아무것도 달라지지 않았다고 생각하게 만들었을지도 몰라도 난 달라졌어. 앞으로 더 이 하루하루를 특별한 행복이라고 여기고 살아갈 수 있게 되었어. 그리고 언젠가 바깥세상에 대한 호기심에 못 이겨 밖으로 나갈지도 몰라. 그때 그쪽 세계가 내 진짜 세계가 되겠지. 그럴 가능성을 만들어준 걸 진심으로 감사하고 있어."

나는 한 번 더 친구에게 시간을 지긋이 들여 고개를 숙였다. 조금 비꼬는 말투로 들렸으면 어쩌나 하고 걱정이 되어 고개를 들자 그녀는 뾰로통한 표정으로 불복하듯이 나를 보고 있었다. 마치 친구와 다투었을 때처럼.

잠시 잠자코 있으니 그녀는 입술을 삐죽댄 채 한숨을 쉬고 "이렇다니까"라고 내 눈을 찌릿 응시했다.

"그렇게 나이 먹고 나서 후회해도 난 몰라."

"만약 나가고 싶어지면 그때 꼭 내가 취직하는 거 도와줘."

손을 모으고 부탁하자 그녀는 "홍" 콧방귀를 뀌고 다른 쪽으로 고개를 돌렸다.

그러고서 우리는 예전까지와 마찬가지로 밥을 먹었다.

그녀는 입술을 삐죽댄 채 나한테 투덜투덜 불만을 토로하고 있어서 뒷정리가 끝난 후에는 마음대로 DVD를 골라서 틀었다. 그녀의 앞에 캔맥주를 놓자 아무 말 없이 뾰로통한 표정으로 마시고 있었다.

영화를 다 보고 욕조에 몸을 담그고 나서 이를 닦고 자기로 했다. 같은 방에서 자는 게 싫으려나 싶었지만 일단 이부자리를 깔자 그녀는 잠자코 그곳에 누웠다. 웃음이 퓹 터지려는 것을 참고 독서등만 켜서 방을 어둡게 했다. 친구를 밟지 않도록 조심해서 침대에 눕고 방을 어둡게 했다.

숨을 쉬었다. 그녀와 다음에 만나는 건 언제가 될까. 어쩌면 더 이상 와주지 않을지도 몰라, 쓸쓸하다는 생각이 들었다.

"······저기, 모모."

오늘 그녀에게 들은 여러 사실에 대해 생각하고 있으니 옆에서 조심스러운 목소리가 들렸다.

"왜?"

"진짜 괜찮겠어?"

내 친구는 어쩜 이렇게 다정할까 싶었다.

"지금부터 불과 열 몇 시간만 자는 걸 참으면 여기서 나갈 수 있어."

그건 그녀에게 들은, 내가 이 집에서 나갈 수 있는 방법 중 하나였다. 이 하루하루에 위화감을 가지고 조금씩 평소와 다른 행동을 하면 바로 만날 수 있는 바깥세상.

"일하느라 피곤해서 밤새우는 건 힘들어."

"일도 안 했으면서."

픕, 하고 웃던 그녀는 "또 올게"라고 말한 후 더 이상 아무 말도 하지 않았다.

이윽고 늘려오는 쌔근쌔근 잠자는 숨소리를 자장가로 삼은 것처럼 나 또한 스르르 잠이 들었다.

정신을 차리고 보니 내일도 또다시, 나는 현관에서 신발을 벗고 있었다.

하나의 문장이 하나의 세계가 되기까지

《가고 싶지 않아》라는 이 책의 제목을 처음 접했을 때 '가고 싶은 곳'이 너무나도 많은 이 시국에 왠지 모르게 낯선 느낌이 들었다. 혹은 한참 보지 못한 누군가를 길거리에서 오랜만에 마주친 느낌이랄까. 그리고 이내, 우리가 지금 얼마나 자유를 잃고 사는지 새삼 깨달았다. 무한한 자유를 가지고 있을 때는 '가고 싶지 않은 곳'을 꼽는 게 더 빨랐을지도 모르지만, 이렇게 코로나로 묶여 있는 시간이 길어지니 '가고 싶은 곳'을 꼽는 사람이 더 많아졌다. 그렇게 제목부터 남다르게 와닿았던 이 작품. 일본의 젊은 작가 여섯 명이 다양한 장르로 '가고 싶지 않다'라는 이 짧은 한 문장을 하나의 세계로 구축했다.

나는 번역을 시작하기 전에 이 작품을 독자의 시선으로 읽으면서 재미있는 상상을 했다. 출판 관계자에게 '가고 싶지 않아'라는 주제로 글을 청탁받았을 때 지었을 작가들의 얼굴을 상상했던 것이다. 나 또한 주제가 정해진 이 '옮긴이의 말'을 쓰고 있지만, 주제가 정해진 글을 쓰는 건 어느 정도 자유가 제한돼 있다. 더구나 단편 엔솔로지는 주제를 제한된 지면 안에 녹여내야 한다. 이런 상황 속에서도 작가들의 생각은 그 누구보다 한껏 자유로워야 한다. 제한된 자유도 엄연한 자유인 것이다.

번역에는 '1번 번역'이라는 것이 있다. 어떤 단어를 검색했을 때 뜻이 여러 개 나오는 경우, 1번 숫자 옆에 쓰여 있는 일상생활에서 흔히 쓰이는 단어를 선택하는 번역을 말한다. 2번, 3번으로 숫자가 늘어날수록 조금 더 복잡한 뜻을 담고 있어서 흔히 쓰이지 않는 경우가 많다. 나는 글을 쓰는 행위는 자신의 생각을 언어로 정확하게 번역하는 행위와 흡사하다고 생각한다. 생각과 일치하는 정확한 언어가 없다면 모양이나 색깔이나 냄새 등 여러 가지를 비교했을 때 가장 흡사한 걸 찾으려고 노력하는 사람이 작가라고 생각한다. 그렇다면 이 여섯 작가들이 각자의 머릿속에서 '가고 싶지 않아'라고 검색했을 때는 무엇이 제일 먼저 등장했을까. 아마 첫 번째로 나오는 1번 번역은 버리고 연상 작용을 하면서 2번, 3번, 4번…… 신선한 소재로 향하도록 버리고 찾고 버리고 찾고를 끊임없이 반복했을 터다. 그리하여 나온 이 작품은 기발하고 신선한 소재로 가득 차 있어서 나는 피아노 건반을 두드리듯 가벼운 손놀림으로 정신없이 타이핑을 했다.

〈네가 좋아하는/내가 미워하는 세상〉에서는 금요일 오후의 보건실에 '가기 싫은' 보건교사가 등장한다. 자신이 제일 싫어하는 작가인 '야기누마 가나타'를 좋아하는 여학생의 이야기를 매주 금요일 방과 후마다 꼼짝없이 들어줘야만 하는 한 선생님의 웃기면서도 서글픈 이야기다. 주인공은 학창 시절에 야기누마 가나타를 좋아하는 친구들 사이에서 겉돌다 자신의 마음을 어루만져주는 보건선생님의 모습에 반해 보건교사가 되었다. 주인공과는 달리 이 여학생은 야기누마 가나타를 좋아해서 겉돌게 되었는데, 학생을 위로하는 따스하고 너그러운 보건교사가 되기 위해 주인공은 친구들에게 취향을 존중받지 못했다는 공통점을 찾아내 억지로 여학생의 야기누마 가나타 찬양에 맞춰주게 된다. 보건교사가 제일 가고 싶지 않은 공간이 이 학생에게는 제일 가고 싶은 공간이 된 셈이다.

견구 주인공은 '야기누마 가나타'를 미친 듯이 싫어한다는 사실을 들키게 된다. 그럼에도 불구하고 여학생은 금요일 방과 후 보건실을 꿋꿋하게 찾아와 찬양론을 펼친다. 지금까지 여학생에 있어서 보건실은 보건선생님과 최애를 공유할 수 있기에 가장 가고 싶은 장소였다. 하지만 이제부터는 다른 이유로 가장 가고 싶은 장소가 된 것이다. 자신의 최애를 어떻게 해서든 보건선생님과 공유하고 말겠다는 의지가 바로 그것이다. 결국 진실을 숨기든 밝히든 보건교사에게 금요일 방과 후는 계속 가고 싶지 않은 장소라는 것. 마지막까지 주인공의 의사는 전혀 반영되지 않는다는 점에서 폭소를 자아냈다.

〈핑퐁 트리 스펀지〉는 SF 장르로 1인 1로봇 시대가 도래한 미래가 배경이다. 인간의 정은 로봇에게도 해당되는지, 인간이 지나치게 정을 쏟지 않도록 반려동물 형태를 한 로봇은 판매가 금지되고 심해생물 시리즈가 나오기 시작한다. 주인공은 강아지 형태의 로봇이 고장 나 마음이 아프지만 폐기하기로 결정하고, 심해생물 시리즈 중 하나를 구입하게 된다. 바로 핑퐁 트리 스펀지 형태를 한 로봇이다. 어느 날, 주인공은 여느 때와 마찬가지로 핑퐁 트리 스펀지와 출근하려고 하지만 로봇은 "가고 싶지 않습니다"라고 대답한다. 로봇 없이는 회사 길도 찾아가지 못하는 주인공은 사장에게 보고를 하고 로봇 회사로 가서 수리를 맡긴다. 퇴근 후 로봇 회사로 가서 어떤 부분이 고장 났는지 묻지만 회사 측에서는 고장 난 부분이 없다고 말한다. 그리고 로봇 회사의 안내 직원은 자신의 풍선장어 로봇도 자신이 회사에서 다른 로봇들을 많이 상대하고 돌아오면 묘하게 토라져 있다는 이야기를 한다. 아직 우리는 인간의 마음이 어디 있는지도 찾지 못했는데, 로봇에게 마음이 없다고 단정 짓는 건 섣부른 판단일지 모른다. 인간의 마음은 어디에 있는가, 하는 질문에는 고대부터 여러 설이 있어왔는데, 누군가는 인간의 심장에, 또 다른 누군가는 사람과 환경 사이에 존재하는 것이라고 말하기도 한다. 나는 이 책을 우리말로 옮기며 이 설들에 한 가지를 보태고 싶어졌다. 마음은 옮겨다니는 일종의 에너지라고 말이다. 우리도 누군가에게 마음 에너지를 받아왔고, 우리 또한 다른 존재에게 마음 에너지를 쏟고 있다. 그리고 그 에너지는 생명체끼리만 공유하는 게 아닐 것이다.

사실 '가고 싶지 않다'는 구체적인 이유가 있어서 나오는 것이라기보다, 정확하게 표현할 수 없는 오묘한 감정이 더 작용해서 나오는 말인 경우가 많다. 어쩌면 생략되어 있을지도 모를 '그냥' 가고 싶지 않다는 말의 '그냥'은 고도의 사고일 수도 있다는 것이다. 왜냐하면 '그냥'을 논리적으로 설명할 수 없으니 말이다. 이 여섯 작가는 '가고 싶지 않다'는 짧은 이 한 마디로 큰 세계관을 구축해냈다. 작품 속에 이 한마디를 이질감 없이 사르르 녹여냈다는 점에서 그들의 역량을 엿볼 수 있었다. 여섯 이야기 모두 제한된 자유 속에서 마음껏 집필한 흔적이 곳곳에 남아 있어서 스피디하게 읽을 수 있었다. 그들이 변주한 글을 악보 삼아 연주하듯 번역하면서 손가락이 속도감 있게 타이핑하는 순간마다 나는 그들이 이 글들을 얼마나 즐기면서 썼는지가 느껴졌다.

　나는 앤솔로지를 아주 좋아한다. 왜냐하면 큼직한 통에 담긴 여러 종류의 아이스크림처럼 다양한 맛을 볼 수 있기 때문이다. 무슨 맛을 먼저 보든 상관없듯 이 여섯 개의 단편 중에서 무엇을 먼저 읽어도 상관없다. 목차에서 제일 먼저 끌리는 글을 선택해 읽어가며 앤솔로지만의 장점을 즐겨도 된다. 이 책의 여섯 작품은 '가고 싶지 않아'라는 한 문장에서 출발했지만 끝은 각각 아주 다른 표정을 하고 있다. 이 작품은 작가의 상상력을 빌려 우리가 어디까지 갈 수 있는지를 정확하게 보여준다. 다양한 표정을 짓고 있는 단편들을 여러분의 눈

으로 직접 확인하기 바란다. 솔직히 나는 궁금하다. 글의 마
지막 표정을 본 여러분이 어떻게 반응할지 말이다.

여섯 가지 아이스크림 맛을 본 듯한

김현화 올림

옮긴이 김현화

번역도 예술이라고 생각하는 번역예술가. '번역에는 제한된 틀이 존재하지만, 틀 안의 자유도 엄연한 자유이며 그 자유를 표현하는 것이 번역'이라는 신념으로 일본어를 우리말로 옮기고 있다. 역서로는 아키요시 리카코의 《작열》, 가쿠타 미쓰요의 《무심하게 산다》, 《천 개의 밤, 어제의 달》, 스미노 요루의 《나「」만「」의「」비「」밀「」》, 마스다 미리의 《코하루 일기》, 무레 요코의 《아저씨 고양이는 줄무늬》, 모리사와 아키오의 《실연버스는 수수께끼》, 무라야마 사키의 《백화의 마법》과 《천공의 미라클 1, 2》를 비롯하여 《톱 나이프》, 《무지개를 기다리는 그녀》, 《9월의 사랑과 만날 때까지》, 《너와 함께한 여름》, 《너에게 소소한 기적을》, 《나는 아직 친구가 없어요》, 《찾지 말아 주세요》, 《이유 따윈 없어》, 《선은 나를 그린다》 등이 있다.

가고 싶지 않아

2022년 05월 12일 1판 1쇄 발행
2022년 07월 21일 1판 2쇄 발행

저　　　자	스미노 요루 가토 시게아키 아가와 센리 와타나베 유 고지마 요타로 오쿠다 아키코
옮　긴　이	김현화
발　행　인	유재옥
본　부　장	조병권
담당편집	박소연
편 집 1 팀	김준균 김혜연 박소연
편 집 2 팀	정영길 조찬희 박치우 정지원
편 집 3 팀	오준영 곽혜민 이해빈
디　자　인	김보라 박민솔
라　이　츠	맹미영 이승희 이윤서
디　지　털	박상섭 최서윤 김지연
발　행　처	(주)소미미디어
발행등록	제2015-000008호
주　　　소	서울시 마포구 토정로 222, 403호(신수동, 한국출판콘텐츠센터)
제　작　처	코리아피앤피
영　　　업	박종욱
마　케　팅	한민지 최원석 최정연 한소리
물　　　류	허석용 백철기
전　　　화	편집부 (070)4164-3960, (070)4253-9250 기획실 (02)567-3388 판매 및 마케팅 (070)4165-6888, Fax (02)322-7665

ISBN 979-11-384-1067-0 (03830)